青少年探索发现百科丛书

鸟类天堂

图书在版编目（CIP）数据

鸟类天堂 / 澳大利亚威尔顿·欧文公司编著；李静译. -- 北京：中国地图出版社，2016.4
（青少年探索发现百科丛书）
ISBN 978-7-5031-7312-7

Ⅰ. ①鸟… Ⅱ. ①澳… ②李… Ⅲ. ①鸟类－青少年读物 Ⅳ. ①Q959.7-49

中国版本图书馆CIP数据核字(2014)第233813号

责任编辑：刘文杰
翻　　译：李　静
制　　作：占　艳
复　　审：徐丽娟
终　　审：周　敏

鸟类天堂

[澳] 威尔顿·欧文公司授权出版
Copyright © Weldon Owen Limited
著作权合同登记号：图字01-2013-3101号

出版发行	中国地图出版社		
社　　址	北京市西城区白纸坊西街3号	邮政编码	100054
网　　址	www.sinomaps.com		
印　　刷	北京盛通印刷股份有限公司	经　销	新华书店
成品规格	205mm×285mm	印　张	4
版　　次	2016年4月第1版	印　次	2016年4月北京第1次印刷
定　　价	22.00元		
书　　号	ISBN 978-7-5031-7312-7		

咨询电话：010-83493060(编辑)，010-83493029(印装)，010-83543956、010-83493011(销售)
本作品简体中文专有出版权由童涵国际(KM Agency)独家代理

青少年探索发现百科丛书

鸟类天堂

中国地图出版社

目 录

什么是鸟? 6

鸟类的世界..................8
早期的鸟..................10
内部构造..................12
奇妙的羽毛................14
华丽的衣服................16
天空的王者................18
地面上的鸟................20
喙和爪....................22

鸟类的行为 24

盛装打扮..................26
筑巢本能..................28
孵化前....................30
慢慢长大..................32
鸟的食物..................34
强大的猎手................36
黑夜中的雷达..............38
周游世界的旅行家..........40

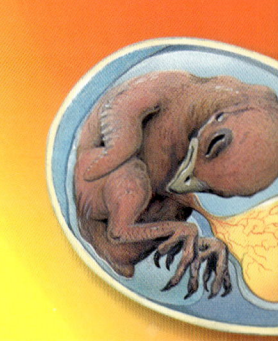

鸟类的分布 42

观鸟......................44
时髦的都市人..............46
大海边....................48
淡水边....................50
树林里....................52
丛林深处..................54
辽阔的草原上..............56
更高的地面上..............58
冰与火之地................60

名词解释..................62
索引......................64

选择自己的阅读方式!

请做好准备，我们要开始《鸟类天堂》的发现之旅了！你可以从头开始了解鸟的身体特征，如果你对鸟儿羽毛的颜色感兴趣，也可以直接翻到"华丽的衣服"，从那里开始阅读这本书。

你会发现可以在特殊栏目里选择许多其他的探索通道。你可以在"背景故事"栏目中了解观鸟者的发现，或者在"自己动手"栏目里做些创造性的活动。在"词汇解读"栏目里研究词语来源，或者找出"知识魔方"里奇特的事实让朋友们大开眼界。你每次阅读都可以选择一种全新的方式——"探索路径"栏目会带你去任何你想去的地方。

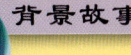

背景故事

鸟中的冠军

想象一下，在夜里，你站在热带雨林深处，四周漆黑一片。一位动物学家正在给夜间活动的鸟儿录音，他通过饲养小鹅而获得了诺贝尔奖。你可以体验穿越一场暴风雪后发现帝企鹅聚居地时那激动的心情。背景故事向你介绍毕生研究并保护鸟类的人们。阅读这些人的故事，会激励你自己开始观察并爱护鸟类。

自己动手

创造与制作

上下跳一跳，测测你的脉搏能跳多快。能和蜂鸟一样快吗？用一个塑料牛奶盒制作一个喂鸟的容器，用水和熟石膏开始收集鸟类的足印。"自己动手"栏目里有一些实验项目和活动，能够让你更加了解鸟儿的世界。

词汇解读

好奇怪的词语！它是什么意思呢？它源自于哪里呢？"词汇解读"能让你找到答案。

知识魔方

可怕的事实、惊人的记录、神奇的人物——这些都能在"知识魔方"这一栏目里读到。

探索路径

当你从一个主题读到另一个主题时，可以通过"探索路径"这一栏目找到你的阅读路径。

准备！
集合！
开始探索！

什么是鸟？

地球上大约有68亿人。这个数字很庞大，但是，你知道我们的星球上还住着1,000多亿只鸟吗？这些鸟大多数都会飞，但有些鸟也会游泳，还有些鸟跑得比马还快。鸟的进化方式很奇特，所以，它们可以在世界上不同的气候和环境下生存。请继续读读下去，试着发现是什么让鸟在这个动物世界中显得独一无二。

8 为什么鸟有各种形状和大小？

请看**鸟类的世界**。

10 这是真的吗？鸟和恐龙是亲戚？让我们来看看鸟的进化之路。

请看**早期的鸟**。

12 为什么鸟的骨头是空的？为什么鸟没有牙齿而有强壮的肌肉？

请看**内部构造**。

14 绒羽、正羽和飞羽之间有什么不同？

请看**奇妙的羽毛**。

16 羽毛的颜色和形状对鸟的生存有多重要?

请看**华丽的衣服**。

18 一只老鹰不扇动翅膀就能飞到几百米高的地方,它是怎么做到的?

请看**天空的王者**。

20 如果一只鸟不会飞,它会怎样远离敌人?

请看**地面上的鸟**。

22 鸟类很擅长敲开种子和筑巢。没有手,它们是如何做到的?

请看**喙和爪**。

7

棕翠鴗（美洲热带雨林）　漠䳭（欧亚沙漠）　巨鹭（非洲水域）　领鹑（澳大利亚大草原）　戴菊鸟（欧洲森林）

鸟类的世界

想象一下，如果我们有些人像咖啡杯那么小，而有些人却比房子还要大——这其实是鸟类世界的真实情况，蜂鸟比飞蛾还要小，而鸵鸟比篮球运动员还要高。世界上大约有9,000多种独一无二的鸟类。

几百万年前就有鸟类开始飞翔，它们栖息在世界陆地上的各个地方。它们适应了各种环境的生活，包括沙漠、雨林、草原甚至是海洋。在这些地方，它们发现了各种不同的食物，并使用所有能利用的材料造出不同的巢穴。每种鸟都必须适应周围的环境，否则就会面临灭绝。

现在的鸟类同样有适应环境的需要。比如，漠䳭会选择在沙漠鼠或其他啮齿类动物遗弃的洞里筑巢，以保证所产的蛋处在一个白天不会太热或夜晚不会太冷的环境里。戴菊鸟的翅膀短而圆——能很容易在居住的森林中穿梭。巨鹭则相反，它们居住在水边，它的腿像高跷一样，可以在水中行走，它的喙形状像个匕首，可以叉鱼。领鹑很少飞翔，因为它们不需要，长期进化使领鹑的羽毛颜色和生活习性能与周围环境相适应，它们可以藏在巢附近的草丛中，避开捕食者。在热带雨林的栖息地，捕食者很难看到南美翠鴗的活动。

世界鸟类栖息地
- 城市
- 森林
- 雨林
- 草原
- 高山
- 沙漠
- 极地

词汇解读

- 英文单词ornithologist的中文意思是"研究鸟类的人"。这个词来自两个希腊词：ornis，意思是"鸟"；logos，意思是"词"。
- **栖息地**指某种特定的植物、鸟或其他动物居住的地方或环境。最初源自拉丁语habitare，意思是"居住"或"定居"，它的英文拼写为habitat。

知识魔方

- 非洲的鸵鸟和两个成年人的体重一样。有可能重达136千克。
- 古巴地区一只刚出生的蜂鸟和剪下的指甲一样重，它的体重只有2克。

探索路径

- 为了适应栖息地的环境，有些鸟进化出了特殊的羽毛颜色，请看16-17页。
- 栖息地的食物会影响鸟类适应的方式吗？请翻到34-35页。
- 有些栖息地，比如森林是各种鸟类的家园，这么多不同种类的鸟怎么能住在一个地方？请看52-55页。

厉害的嘴！

大火烈鸟生活在美洲、非洲和亚洲的浅滩和湖畔。它的腿和脖子都很长，很好地适应了环境。捕食时，火烈鸟会弯腰向前，头朝下，弯钩一样的喙在水中寻找食物，用上喙从污泥和水中铲出小贝壳、昆虫、单细胞动物和水藻。火烈鸟的上喙有一排缝隙，进食时，它会闭上嘴巴，开始用下喙和舌头把泥和水从上喙缝隙中挤出，将食物剩下，接着就可以吃了。

排除万难

我们在城市、郊区、农田、开阔的平原、森林和海滩上都能看到鸟。但是有些鸟居住在环境非常恶劣的地方，我们人类在那里都无法生存，可是它们是怎么活下来的？

保持凉爽

多数水鸟都把蛋产在地面浅层土下。但是在波斯湾的沙漠气候下，蛋可能会烤熟。生活在那儿的蟹鸻会在岸边的沙丘下挖很深的洞，并把蛋产到洞里，洞里的沙子潮湿凉爽，蛋就远离了炽热的太阳。

身穿厚衣

肥肥的阿德利企鹅非常适应极地的环境。从小时候开始，它们身上长满了厚厚的短短的羽毛，像棉袄一样，能在冰冷的气候下保护它们。

高空翱翔

鸟类甚至在最高的喜马拉雅山上也能生存。胡兀鹫的翅膀又长又宽，因此它能很容易地在空气稀薄的高空中滑翔数小时来搜寻食物。

背景故事

救援

1951年，一支来自美国国家历史博物馆的探险队到达远离北美海岸的百慕大群岛，寻找一种早期欧洲殖民者在书中描述的鸟——圆尾鹱。一名16岁的百慕大人戴维·温盖特，加入了搜索队伍。博物馆的探险队发现了一块濒临灭绝的鸟类栖息地，许多鸟类学家认为那里的鸟就是神秘的圆尾鹱。不过，他们最终给这种鸟取了个新名字——百慕大圆尾鹱。戴维·温盖特受到这次探险的激励，后来成为了一名鸟类专家。他毕生都致力于保护并研究这种稀有的圆尾鹱。在他的努力下，现在栖息地里大约有200只圆尾鹱。

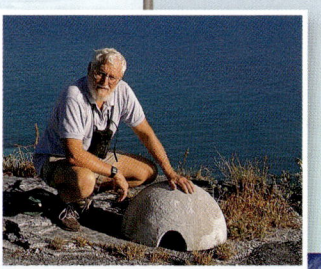

4.8亿年-3.62亿年前长有肺的鱼爬上了陆地　　3.62亿年-2.9亿年前昆虫出现在空中　　2.48亿年-2.08亿年前进化出恐龙　　2.08亿年-1.44亿年前进化出第一批鸟　　大约20万年前进化出智人

早期的鸟

如果你知道喂鸟器可能会招来像霸王龙这样凶狠的恐龙，你可能就不会用它了。但是每当你把种子放进喂鸟器中，你可能就是在为它的亲戚提供食物。科学家们认为已知最早的鸟——始祖鸟，是兽脚亚目食肉恐龙的亲戚，这种恐龙包括霸王龙。霸王龙的脚和鸡脚惊人地相似。

科学家们仍在研究，想要找出鸟类究竟来自哪儿。为此，他们比较了几百万年前鸟类的化石和现在的鸟。始祖鸟可以追溯到侏罗纪时代。白垩纪也发现了鸟类的化石，这些化石中的鸟和我们今天看到的鸟很像。最著名的发现是黄昏鸟和鱼鸟。黄昏鸟不会飞，但会在水下游泳，追逐鱼类，就像鸬鹚一样。鱼鸟可能是一个强壮的飞行者，它的体型像燕鸥，可能会在水面上飞，并俯冲进水里捕鱼——就像今天的燕鸥一样。

背景故事

追逐过去

查尔斯·达尔文（1809-1882）是一位英国自然科学家，他的"适者生存"理论解释了各种动物和植物是如何进化的。他认为如果物种拥有适应栖息地生存的特性，它们就会吃得更好，繁殖得更多。例如，他注意到在南美洲海岸边的加拉帕戈斯群岛上，地雀种类繁多，他猜测在那里所有的地雀都来自同一个祖先。只有那些适应了栖息地的鸟才会存活，因此，在有很多种子的地方，长有强壮喙的地雀就会增加，它们的嘴能很方便地打开种子，不同形状喙的地雀必须要适应环境，否则就会灭绝。

飞行的进化

只有鸟有羽毛，羽毛让多数鸟成为飞行大师。没人知道哪种生物最先长了羽毛——或许是某些兽脚亚目食肉恐龙。始祖鸟是已知的最早有羽毛的动物。在几百万年间，已经进化出非常庞大的鸟类种群。

鱼鸟

始祖鸟

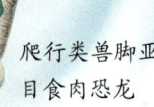

爬行类兽脚亚目食肉恐龙

发掘中的乐趣

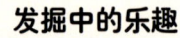

想象一下1861年鸟类学家有多么地激动，他们在当时德国的一个石灰石采石场发现了始祖鸟化石。刚开始的时候，科学家们把它归到爬行类。但是，这种生物的下腭有强有力的牙齿，它的头和尾巴看起来很像兽脚亚目食肉恐龙。最后，奇迹出现了，覆盖着始祖鸟的淤泥上有完整的羽毛轮廓。始祖鸟又名古翼鸟，意即"古代的翅膀"。

词汇解读

- **分类学**是科学的一个分支，为物种以及与物种有关的群种命名。
- **古代鸟类学家**，他们研究古代的鸟类，并使用分类学来找出进化之谜。它的英文词Paleo-ornithologists其前缀Paleo是希腊词语。
- **地雀**，属小型鸣禽，体长10-20厘米，体羽浅褐色或灰色。

知识魔方

- 地球上曾经最高的鸟生活在新西兰，这种巨大的鸟叫恐鸟。它们站立时高达3米，比篮球场上的篮筐还高。因为人类的过度捕猎，恐鸟灭绝了。已知的最后几种恐鸟是在1,800年前灭绝的。

探索路径

- 要想找出古代不会飞的鸟在现代的亲戚，请翻到20-21页。
- 古代的鸟，比如黄昏鸟的喙很像现代的鸟，但是它们还有爬行动物的牙齿。我们现在看到的鸟有没有牙齿呢？请翻到22页找出答案。

雪雁

远古捕鱼者
黄昏鸟是一种不会飞的鸟，以鱼为食物，大约生活在1亿年前的白垩纪时期。它大约有1.5米高，像始祖鸟一样有牙齿。1870年在美国的堪萨斯州发现了它的化石。

平原上的行者
骇鸟的名字起得很贴切。它有2.7米高，行走在南美的大草原上。它的头和现在的马头一样大小。

宝贵的矿坑
长得像秃鹫一样的泰乐通鸟化石在加利福尼亚的拉布雷亚沥青坑里被发现，同时人们还发现了这种古代鸟类的其他104种化石。

尾巴上的信息
孔子鸟发现于中国。它们生活在6,500万年前。化石上的两个动物展示了它们的骨骼结构和被羽的外形轮廓。其中一只鸟的尾巴上还有一对大翎羽。科学家认为这只长尾鸟可能是只雄鸟，因为根据现代鸟类来分析，雄鸟拥有更长的尾巴。

翅膀上的爪子
麝雉的雏鸟在翅膀的末尾有3个爪子。鸟长大后爪子就会脱落。始祖鸟和孔子鸟在翅膀上也有3个爪子。科学家经常拿化石上动物的特征和现存的动物比较，希望了解更多地球上生命的历史。

环颈雉　朱鹮

线尾侏儒鸟

内部构造

鸟要用翅膀来飞翔，但是翅膀也仅是它们能够翱翔的其中一个因素。从心脏、肺到骨头，鸟类身体的每一部分都适应了飞行的需求，使飞翔成为可能。但是飞翔需要巨大的能量，为此，鸟类需要大量的食物、充足的氧气和高效的系统，来源源不断地为肌肉提供能量。

鸟的呼吸系统非常精细。鸟在飞翔的时候，每拍动一次翅膀就呼吸一次。氧气从肺里出来，进入血液。血液中富含氧气和从食物中得到的糖分，由强劲的心脏输送到鸟类的肌肉，然后肌肉在有氧的环境中消耗糖分，转化成鸟类飞翔需要的能量。

鸟的肺和许多气囊相连，这些气囊一直延伸到它的腹部和大骨头里。气囊里的空气可以让鸟繁忙的"引擎"——心脏散热。气囊也可以使鸟的身体轻盈并在飞翔中保持平衡。

鸟的骨架和羽毛也在飞翔中发挥了重要作用。鸟的身体很紧凑，由轻盈的骨头组成。羽毛让身体表面光顺平滑，能减少空气阻力。这样鸟就可以自由地在空中翱翔了。

很少的骨头

与爬行动物和哺乳动物相比，鸟的骨头比较少。它的一部分脊骨融合在一起，使骨架强健紧凑，适合飞行。鸟的锁骨也融合成了叉状，多数人也把它称为叉骨，鸟在飞行时，这块骨头就像一根弹簧，翅膀向下时它弯曲储存能量，向上拍打时它能释放能量。

翼骨（肱骨）

胸肌　胸骨（龙骨突）

到翅膀的力量

大多数鸟的体重集中在身体中央，在这里，强壮结实的飞行肌肉（胸肌）为翅膀提供力量。这些肌肉的末端与翼骨相连，然后再到胸骨。鸟的胸骨很宽，弯曲着，就像船的龙骨一样，它固定强有力的肌肉，让翅膀有足够的力量去飞翔。

轻巧又结实

如果鸟也和我们一样是实心骨头，体重就会变得太重而飞不起来，所以多数鸟的骨头是空洞轻巧的。你或许认为空心的骨头会容易折断或破裂，但实际上它们非常结实。在鸟的骨头里面有一种蜂巢结构，可以增加骨头的强度而不增加重量。

自己动手
数心跳

鸟的心率比我们人类快得多。要测试你的心跳，把无名指和中指一起放在你的脖子下面（气管附近），或者放在你的手腕上，就搭在另一侧腕骨的外侧。用手表或计时器来看看1分钟你的心脏跳动多少次。测量的时候你要坐下。你数了多少次？大概70次？现在上下跳跃2分钟，然后再数。这次你数了多少？大约120次？这些数字对我们来说很正常，但对鸟来说太低了。蜂鸟的心跳1分钟可达700次，并能发出像猫叫一样的声音。

词汇解读

- **生物学家** 研究生命和活的生物。英文单词 biology 意思是"生物"，这个词来自两个希腊单词。Bios 的意思是"生命"，而 logos 的意思是"单词"或"研究"。
- **脊椎**，是连接在一起形成脊柱的骨头。拉丁词 vertebra 意思是"关节"。而拉丁词 vertare 的意思是"转动"。在关节处，骨头连接在一起，还可以转动。英文拼写为 vertebrae。

知识魔方

- 1758年，一位著名的英国外科医生，约翰·亨特发现鸟的气管堵塞后，如果翼骨或腿骨上有洞，它就仍然能够呼吸。从此人们就发现了鸟类的肺、骨头和气囊之间是复杂而又相互连接的系统。
- 有些古代鸟类有牙齿，但是现在的鸟都没有牙齿。牙齿会让鸟的上半身变得更重，降低飞翔的能力。

探索路径

- 每个人都知道鸟有羽毛，但是羽毛是什么生成的？请翻到14-15页。
- 强壮的肌肉、轻盈的骨骼、发达的龙骨突和高效的心肺系统让鸟类有了飞行的能力。但它们是如何飞翔的？请参看18-19页。
- 你知道一只鸟如何从鸟蛋发育成一只完全成熟的鸟吗？请翻看30-33页。

内部器官

生命之泵

鸟的心脏工作原理和人类相似，有两个泵让血液在体内流动。左侧，富含氧气的血液（黄色）从肺流入身体。右侧，氧气不足的血液（蓝色）从身体返回到肺，接收更多的氧气。

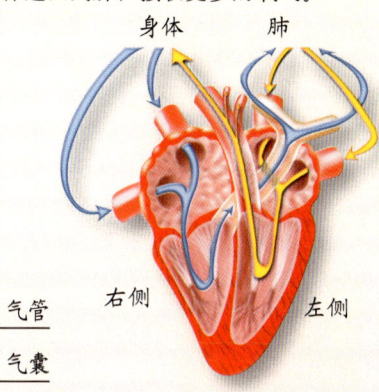

深呼吸

鸟的肺与人的相比很小，但很坚硬。与肺相连的气囊可以帮助肺更有效率地工作。气囊一直延伸到鸟的骨头里。

能量来源

食物沿着食道来到嗉囊，食物可能会储存在嗉囊里，也可能直接进入肌胃，胃把食物研磨成糊。在肠道里，血管吸收糖类等能量物质，并传送到肌肉。废物通过泄殖腔排出体外。

腿部肌肉

不管是栖息、奔跑或游泳，所有的鸟类腿上都有两块强壮的肌肉来控制它们的运动。这些肌肉位于腿的顶端，接近鸟的重心位置。它们通过长长的肌腱与脚趾相连，肌腱一直延伸到脚踝。

鸡尾鹦鹉的翅羽　　　　雉鸡的尾羽　　　　金刚鹦鹉的体羽毛　　　鹰的绒羽

奇妙的羽毛

　　鸟类是惟一有羽毛的动物。羽毛覆盖了鸟类的大部分身体，并具有许多重要的功能。羽毛可以帮助鸟抗寒、御热和防水。羽毛赋予鸟类色彩和体型，这样鸟类就可以吸引异性或躲避敌人。羽毛也是鸟类的主要飞行工具。

　　羽毛主要有三种。离身体最近的羽毛叫做绒羽。这些轻盈蓬松的羽毛能帮助鸟御寒。在绒羽上面的一层是正羽，它们又短又圆。正羽比绒羽硬一些，在飞翔时，它能使鸟的体型光滑呈流线型。

　　飞羽长在鸟的翅膀和尾巴上，对飞行来说是最重要的。这些羽毛的羽片都通过小小的钩子连接起来，所以鸟在飞翔的时候，飞羽是密封且光滑的。如果鸟想减慢速度或着陆，它就会展开这些羽毛，开始滑翔。会游泳的鸟，比如企鹅也使用相同的羽毛帮助它们在水下前进。

肩羽

羽冠

鸟冠

小翼羽

背景故事
羽毛侦探

　　鸟类有时会和飞机相撞。这会损坏喷气发动机，甚至引发空难。因此航空公司急需知道是哪种鸟与飞机相撞的，这样就可以避免或减少以后发生事故。那么航空公司会请谁来调查的呢？美国华盛顿特区的史密森学会的研究员——洛克希·雷朋，她来负责调查。

　　雷朋研究羽毛结构长达40年，她已经收集了上千个羽毛样本。每种鸟都有很明显的羽毛结构，她通常只需看几根羽毛就能辨别出犯事儿的是哪种鸟。雷朋曾经还侦破了人类的几宗犯罪案件，其中羽毛成为了极其重要的证据。

飞翔的必由之路

　　这只冠蓝鸦的体羽和所有会飞的鸟一样，都朝后长着，并非常紧密地相互交叉，这就会产生流线型的效果。鸟飞翔的时候就可以让空气平滑地穿过羽毛。如果羽毛向前的话，就会遇到风，产生阻力，无法飞翔。在翅膀和尾巴上，这些重要的飞羽根部受到覆羽的保护。连接鸟背和翼羽之间的羽毛叫做肩羽。

沐浴时间

　　羽毛对鸟的生存至关重要，所以它们必须保持最佳状态。鸟每天都要梳洗打扮，它们开发出了很多种梳洗的方法来清洁并修整它们的羽毛。

好好泡泡

　　在水里沐浴是一种常见的梳洗办法。这只疣鼻天鹅正在水中摇摆来清洗身上的羽毛。好好地洗个澡也可以让鸟凉快起来，避免过热。

词汇解读

- **换羽**，这个词最早来自拉丁语mutare，意思是"改变"，英文为molt。
- **肩羽**，覆盖鸟上背的羽毛。英文单词scapulars意思是肩羽，这个词来自拉丁语scapulae，意思是"肩膀"。
- **羽干**也叫做**羽轴**。英文rachis，这个词来自德语rhachis，意思是"脊柱"。

知识魔方

- 鹈鹕目水鸟有时会吃它们自己的翅膀。科学家认为这主要是为了保护它们的胃不会被吃掉的鱼刺弄伤。
- 有些鸣禽梳理自己的羽毛，采用的是一种叫做"蚁浴"的方法。它们把蚂蚁或其他昆虫放入羽毛，通过滚擦来梳理羽毛。有人还曾看到过有些鸟干脆坐在蚁窝上面。人们认为昆虫可能会分泌一些化学物质，杀死鸟身上有害的细菌、螨虫或真菌。

探索路径

- 在求爱仪式中，鸟如何使用羽毛？请到26-27页找出答案。
- 有些鸟生来就有一层羽毛覆盖，但是有些鸟生下来是没有羽毛的。要想更多了解，请参看32-33页。
- 哪种鸟有特殊的羽毛，可以让它们在飞翔中几乎不发出声音？请到38-39页找出答案。

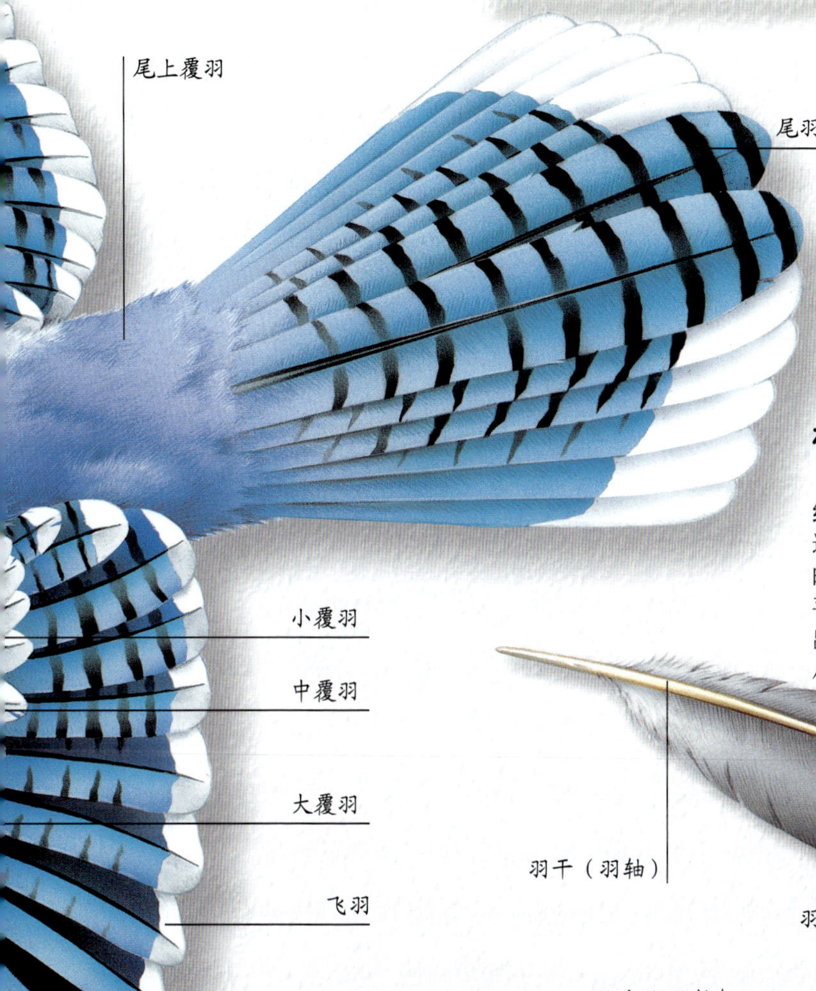

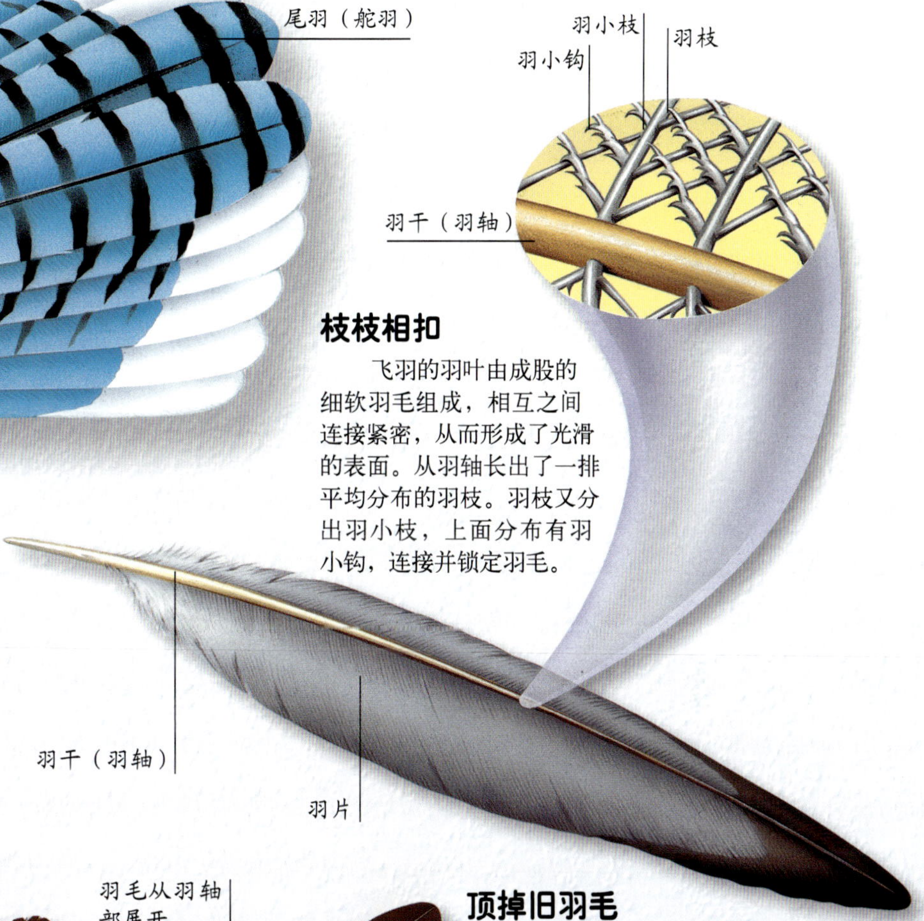

尾上覆羽
尾羽（舵羽）
羽小枝
羽小钩
羽枝
羽干（羽轴）

枝枝相扣

飞羽的羽叶由成股的细软羽毛组成，相互之间连接紧密，从而形成了光滑的表面。从羽轴长出了一排平均分布的羽枝。羽枝又分出羽小枝，上面分布有羽小钩，连接并锁定羽毛。

小覆羽
中覆羽
大覆羽
飞羽

羽干（羽轴）
羽片

羽毛从羽轴部展开
破损的羽毛

顶掉旧羽毛

旧羽毛被新羽毛代替的过程叫做换羽。多数成鸟每年会换羽一次或两次。新的羽毛会在旧羽毛的根部长出来，把旧的顶出去。然后羽轴就会风干并分裂，新的羽片就慢慢展开了。如果一根羽毛掉了，而鸟并没有换羽，几个月内也会长出新的羽毛来。

新羽毛把旧羽毛顶掉

梳妆打扮

图中的灰胸鹦哥正用喙梳理自己的尾羽，使羽毛的羽小钩重新扣好。这一上扣过程就像我们扣上尼龙搭扣一样。

土中沐浴

原鸡经常用土来洗澡，这样就可以平衡羽毛的油分。土会吸收多余的油分，然后就从身上落下。

雄印度孔雀　　维多利亚凤冠　　寿带　　华丽琴鸟

华丽的衣服

一只漂亮的鸟展翅飞过，吸引了你的注意力。但是你怎么能认出那只鸟？鸟全身覆盖的所有羽毛称为羽衣。每种鸟的羽毛都会有独特的颜色和形状，这就为你提供了很有价值的线索，帮你找出你刚看到的那只鸟的名字。

羽毛的颜色由两种色素产生——类胡萝卜素和黑色素——并与羽毛本身的结构有关。类胡萝卜素会产生红色、橘色和黄色这些颜色，而黑色素则产生黑色到浅棕色等颜色。这两种色素结合就会产生更多的颜色，但蓝色和紫色除外。如果羽毛结构特殊，在羽毛散开时就会以特殊的方式反射光线，这时才能产生蓝、紫这两种颜色。

羽衣的形状和颜色有多种形成原因。它可以让鸟识别与自己类别不同的鸟，并与它们交流。它还可以作为保护色，帮助鸟在栖息地中隐藏起来。雄鸟的颜色一般比较鲜艳，它们利用自己的羽毛来吸引雌鸟。有些鸟会蓬起羽毛，用来警告其他侵犯了自己的领地的鸟。

雄印度孔雀，即通常所说的孔雀，有一身非常华丽的羽衣。它展开的羽毛有200多排，形成一个1.8米的扇形羽衣，上面装饰着像眼睛一样的花纹。

多彩的梦之船

极乐鸟有43种，每一种都有独特的颜色和形状。雄性新几内亚极乐鸟生活在巴布亚新几内亚。它身体上的羽毛是橘红色的，而头上的羽毛则有黄色、绿色和黑色。在它的侧翼下方有几根长长的羽毛，在阳光下闪闪发亮。雄鸟如果不展示羽毛，就会把它们整理得平整光洁，紧贴在身体上。

背景故事

帽子上的羽毛

历史上有许多民族把鸟的羽毛当做饰物。现在巴布亚新几内亚的一些部落仍然会在跳舞和举行仪式的时候戴上极乐鸟的羽毛。部落的猎人们会选用少数几只成鸟，剩下许多年幼的鸟让它们繁殖。但是在世界上的其他地方，有些国家可不是这么负责。19世纪的时候，用羽毛来装饰女士的帽子成为一种时尚，导致上百万只鸟被射杀。有些种类的鸟都彻底灭绝了。20世纪初，第一个奥杜邦协会在美国成立，以保护因为羽毛而惨遭猎杀的白鹭。这些协会推动了成千上万的社会团体来保护鸟类——特别是那些濒临灭绝的鸟类。

油画

雄性威尔逊极乐鸟身上的黑色羽毛使其艳丽色彩非常生动。它那蓝色的头顶、黄色的颈背和鲜红色的后背看起来就像一幅美丽的油画。

词汇解读

- **羽衣**，这个词源自拉丁语 pluma，意思是"柔软的羽毛"，pluma 既可以指"笔"也可以指"羽毛"，因为有些鸟的羽干或羽茎曾经当过笔用，蘸着墨水来书写。
- **彩虹色**，这个词源自希腊语 iris，意思是"彩虹"。iris 还指人眼的虹膜，也是一种花的名字。

知识魔方

- 鸟类羽毛的颜色有时会受到食物的影响。火烈鸟和琵鹭必须吃海洋里一些特殊的甲壳类动物和微生物，否则它们身上鲜艳的粉红色就会消失。
- 鸟类不仅能看到我们所能看到的颜色，它们还能看到紫外线。鸟类看到的颜色比我们看到的更鲜艳。

探索路径

- 羽毛的色彩和图案让一些鸟有了非常奇特的伪装能力。哪种夜间活动的鸟会在白天把自己伪装成树桩？请翻到38-39页寻找答案。
- 哪种鸟的羽毛会在冬天变成白色，与雪的颜色一样？请翻到60-61页寻找答案。

多彩的幻觉

雌鸟通常没雄鸟那么多彩，这样在它们抚养后代时，就可以隐藏起来，避开那些捕食者，因为它们羽毛的颜色和图案可以帮助鸟儿与周围的环境相融合。

深藏不露

雄性和雌性凤尾绿咬鹃脸上和身体上的羽毛看起来很相似，但是雄性的彩虹色更多，它拖着长长的尾巴。和其他许多热带雨林的鸟一样，在苍翠茂密、遮天蔽日的树林里很难发现这些绿咬鹃。

雄性的伪装

雌性丑鸭长得平凡无奇，但是雄性有白色的标记，这叫做隐蔽色，是一种细微的伪装形式。如果不是在纯色的环境中，例如在波光粼粼的水面上，雄性是很难被识别出来的。

变蓝

一年的大部分时间里，雄性靛蓝彩鹀和雌性一样都是棕色的，而且很难在栖息地里看到它。但是在交配的季节里，雄性就会褪下棕色的羽毛，变成蓝色的。

藏在你眼皮底下

雄性和雌性针尾沙鸡的羽毛上精细的图案帮助它们隐藏在沙子、鹅卵石和植被比较稀少的地方，而这些干燥的地方就是它们的栖息地。

在树上起舞

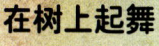

为了吸引雌鸟，雄性蓝极乐鸟会跳舞，它展开天蓝色翅膀，抬起长长的黑色尾巴，这样看上去更大些。所有的极乐鸟都有特殊的舞姿，能够最完美地展现它们的羽衣。

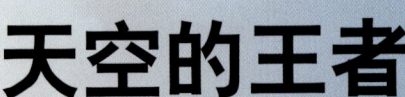

大狐蝠（蝙蝠）　　蓝色大闪蝶（昆虫）　　飞蜥（蜥蜴）　　豹鲂鮄（鱼）

天空的王者

鸟是地球上最神奇的飞行生物。虽然昆虫和蝙蝠也会飞，有些蜥蜴、青蛙和松鼠也会滑翔，但是它们中没有几个能飞得像鸟那么高、那么远、那么快。鸟利用飞翔寻找食物、远离敌人或者迁徙到数千千米之外的地方。

多数鸟都扇动翅膀在空中飞翔，用尾巴来帮助它们改变方向。但是有些鸟比其他鸟更善长盘旋、俯冲或滑翔。鸟的翅膀形状和大小决定了它们最适合的飞翔方式。

翅膀短小且圆的鸟适合短途飞行，不过它们有时也会迁徙到几百千米外的地方。较长翅膀的鸟能够利用气流飞得更远。信天翁的翅膀又长又细，它们会利用风和海浪的相互作用而产生的自然能量飞到空中，利用上升气流一直向上飞，当无法再升高时，开始滑翔，慢慢下来。为了再飞上去，它们只弯下一只翅膀，急转弯，开始再次高飞。这种飞翔叫做动态飙升。这种飞翔模式的轨迹看起来就像一连串的彩虹，相互连接。

上升

鸟的翅膀下面几乎都是平的，而上面则是弯曲的。这就是说，鸟在向前飞时，空气经过上面时就会更快，而经过下面则较慢。这样在翅膀的上面形成了一个较低的压力，将鸟儿抬起，并使它们悬浮在空中。

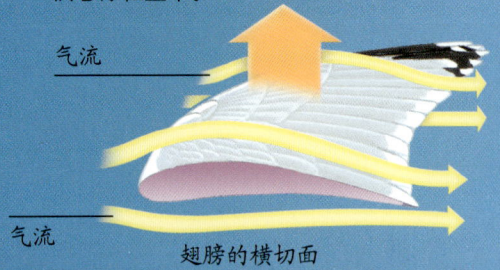

气流　　翅膀的横切面

越来越高

漂泊信天翁的翼展是鸟类中最长的——宽达3.3米。这种海鸟能毫不费力地在大洋上空飞翔，而在大洋上强风非常常见。漂泊信天翁飞行几百千米去寻找食物，它们可以一直滑翔几个小时而不扇动一次翅膀。

背景故事

飞行梦

自古以来，人类都梦想着要飞翔。他们羡慕鸟，甚至有时还崇拜它们。杰出的意大利发明家和艺术家达·芬奇（1452-1519）领先于他那个时代思考了人类如何飞翔。他仔细观察了飞行中的鸟，并研究了它们的身体构造。最后他画出了翅膀的设计草图，它看起来和今天的飞机惊人地相像。但在达·芬奇那个时代没有引擎来助力。又过了四百多年，莱特兄弟于1903年成功地使世界上第一架飞机起飞。

扇动还是不扇动？

美洲乌鸦

赤红山椒鸟

一直向前

鸟类扇动翅膀，使自己保持在空中并向前飞，强大的肌肉力量提供了动力，使翅膀向前下、向后上扇动。向下扇动翅膀耗费更多能量，提供上升力。向上扇动则没有那么难。羽毛使鸟的身体呈流线型，使飞行变得更容易。

及时收起

小型鸟在短暂的快速飞翔后，会收起翅膀节省能量。扇动翅膀，鸟就会上升。当翅膀快要收到身体里的时候，鸟就下降。这种休息很短暂，也很难觉察，但是鸟的飞行模式很容易看到。它是上下起伏的，而不是一直向前。

词汇解读

- **飞行**，在希腊语中为avis，意思是鸟。其他包括avi的单词有aviator（飞行员）、aviary（大鸟笼）、aviculture（养鸟）。"飞行"的英文是aviation。
- **海鸟**的英文单词albatross来自葡萄牙语的alcatraz，单词中的c被改成b是因为鸟的颜色为白色，而拉丁语白色的单词为alba。

知识魔方

- 很难测量一只鸟飞得有多快，因为这要看鸟飞翔时的环境。有些鸟在逃跑或捕猎的时候飞行速度和小型飞机一样快。1961年一位飞行员遇到了一只红胸秋沙鸭，由于受到飞机的惊吓，它的飞行速度达到129千米/小时。游隼在追逐猎物的时候速度可以达到180千米/小时。

探索路径

- 如果想要更进一步了解让鸟儿起飞、飞翔和着陆的肌肉，请翻到12-13页。
- 哪种鸟翅膀的设计很特殊，可以让它的猎物很难听到它飞翔的声音呢？请看38-39页。
- 鸟迁徙时能飞多远？答案请看40-41页。

踩刹车

鸟在空中要很快地飞行。着陆时，他们通常会垂下尾巴，打开翅膀。空气会打向翅膀的下部，它们就会慢慢地安全降落。飞机在降落时展开机翼是出于同一原理。

起飞

多数鸟都可以毫不费力地起飞。它们只是跳向空中。但是鹈鹕很多时间都在水里，这种大型的鸟起飞就比较难。它用脚帮助身体离开水面，快速扇动巨大的翅膀来起飞。可是一旦鹈鹕到了空中，它就是一个强大的飞行者和滑翔者。

搭便车

最省力的飞行方法就是在上升的热空气上滑翔，也就是上升暖气流。有些鸟有长长的、宽宽的翅膀，比如鹰，就可以盘旋在一股上升气流中，这样它们就会越升越高。达到一个很高的高度后，它们就可以慢慢滑翔好长一段距离，然后再搭乘另一股上升暖气流。

上开暖气流
金雕

悬停

有些鸟能像昆虫一样悬停。要做到这一点，鸟必须快速扇动翅膀，然后在肩关节的地方用好几种不同的方式来旋转翅膀。悬停需要很多能量。像紫背刺嘴蜂鸟这样的蜂鸟可以悬停。它们也会向前、向后飞，还会直上、直下飞。

紫背刺嘴蜂鸟

一个成年男性奔跑的速度可以达到每小时36千米

一匹赛马的速度可以达到每小时70千米

一只鸵鸟的速度为每小时72千米

一头猎豹的速度为每小时100千米

地面上的鸟

鸟会飞好像是很自然的事。但是有一些鸟是不会飞的。没人能够确定它们为什么会这样。但是最可能的理论是因为它们不再需要飞行，所以丧失了飞行的能力。

许多不会飞的鸟都是在与世隔绝的岛屿上进化的，比如加拉帕戈斯群岛和新西兰岛。很久很久以前岛上的鸟在地面上很安全，因为那里没有人类或其他像猫、老鼠或狐狸一样的捕食者。它们也不需要飞起来寻找食物，因为食物总是在它们身边，所以它们渐渐放弃了飞行，而且飞行消耗的能量太多了。可是当人类和其他捕食者到达的时候，不会飞的鸟就没办法逃跑了。有些鸟，比如新西兰的恐鸟在外来者占据了它们栖息地的时候就灭绝了。

有些鸟丧失了飞行的能力后会长得很大，鸵鸟就是这样，它们可以长到2.75米高。鸵鸟存活了下来，是因为它们的腿长而有力，在逃避捕食者的时候，跑得比赛马还快。当它们在极度危险的时候，还会使用踢的技能来保护自己。鸵鸟虽然还长着小小的翅膀，但是其功能已经变为保持平衡了。

在水下飞翔

企鹅有18种，但都不会飞。最大的是居住在南极的帝企鹅。在最寒冷的冬月里，它能够忍受低达零下62℃的气温。所有的企鹅都有小小的、坚硬的、像鳍一样的翅膀。这些翅膀让企鹅成为游泳高手。企鹅潜入水中捕捉猎物，经常游出水面呼吸。它们在水下行进的速度高达每小时32千米。

背景故事

播种水果

食火鸡是一种大型的不会飞的鸟，它们快速地在热带雨林的地面上移动。它们吃大量的水果，在消化后，把种子排泄散落在距离母树很远的地方，这些种子在那些地方生长出新的果树。大卫·威斯克博士在澳大利亚北昆士兰的热带雨林研究中心工作，他研究这些鸟，检测它们对热带雨林树木数量的影响。为此，威斯克博士捉了几只食火鸡，喂它们吃食物，并记录食物通过它们的消化系统需要的时间。然后给它们绑上无线电发射器，放回了野外。威斯克博士追踪这些鸟，并记录它们在哪儿排泄出种子。他对食火鸡的生活了解了很多，也检测到了它们以何种方式影响热带雨林的生态。

新西兰不会飞的鸟

新西兰峡湾国家公园有五种不会飞的鸟——小企鹅、鸮鹦鹉、秧鸡、黑秧鸡和几维鸟。几维鸟是新西兰的国鸟。它是夜行性鸟，也是少数嗅觉灵敏的一种鸟类。

鸮鹦鹉是世界上最大的鹦鹉，也是唯一不会飞的鹦鹉。但是它会爬树，然后从树上滑翔到地面。因为它住在地面上，并在地面挖洞筑巢，所以它很容易受到捕食者的袭击——现在活着的不到50只。

词汇解读

- 几维即Kiwi，是最早生活在新西兰的毛利人给这个国家起的名字。后来人们用这个名字给新西兰国鸟命名。Kiwi也是所有新西兰人的外号。
- 鸸鹋也是一种善于行走的鸟，生活在大洋洲的草原和开阔的森林中。
- 鸵鸟虽然不会飞，但是它的奔跑速度却是首屈一指的。

知识魔方

- 帝企鹅可以潜入530米深的地方，并能在水下呆20分钟左右。
- 雌性褐几维鸟下的蛋非常大，几乎是它本身体重的1/6。要孵化这些蛋需要11周，孵化时间是所有鸟中最长的。相比而言，黄胸饶舌鸟的蛋孵化只需要11天，鸡蛋孵化需要21天。

探索路径

- 鸵鸟下的蛋最大。哪种鸟下的蛋最小？请看30-31页。
- 棕色几维鸟是一种夜行性鸟。这是什么意思？是不是还有其他的夜行性鸟？请看38-39页。
- 除了不会飞的鸟，还有许多鸟都濒临灭绝。如果想了解更多快要灭绝的鸟，请翻到44-45页。
- 哪种鸟是"北极企鹅"？它们真是企鹅吗？请翻到48-49页。

鸸鹋

鸵鸟

美洲鸵

国外亲戚

美洲鸵、鸸鹋和鸵鸟都是不会飞的大型鸟，它们分别居住在南美洲、澳大利亚和非洲。它们看起来很像，所以极有可能来自同一个祖先。远古时期大陆都还连接在一起，它们或许都居住在开阔的草原上，并以草和昆虫为食，所以才进化得彼此这么相像。

南秧鸡是一种不会飞的大型秧鸡，曾被认为已灭绝了50年，在1948年，人们重新发现了一小群。现在，在蒂阿瑙附近的保护区中，有180只南秧鸡生活在长满青草的山间。这些独居的鸟类在草丛中筑巢，但是到冬天，他们会住到树林中。

黑秧鸡是一种不会飞的秧鸡，有发育完好的翅膀，但只是在奔跑时用来保持身体平衡。它能存活下来是因为它是很强悍的斗士。黑秧鸡会杀死老鼠以及其他在地面上生活的鸟类。

红冠黑啄木鸟　　棕树凤头鹦鹉　　大杓鹬　　非洲琵鹭　　白头鹰

喙和爪

试试不用手拿苹果——很不容易。鸟没有手，它们用喙和爪来抓住食物、移动和撕扯物品以及自我防卫。鸟类喙和爪的大小与形状能告诉我们很多关于鸟的生活方式。

鸟喙的上半部叫做上喙，下半部叫下喙，不过人们经常用腭来表示这两个部分。喙由角蛋白组成，角蛋白也是形成羽毛的物质。红冠黑啄木鸟那有力的、笔直的喙是理想的工具，可以用来敲开树皮，把虫子赶出来；棕树凤头鹦鹉用它那结实的喙弄碎水果、种子和浆果；大杓鹬用它那长长弯弯的喙探进河床淤泥的深处寻找食物；非洲琵鹭长长的喙末端有一个平平的、圆圆的凸起，它用下喙在湖底扫荡，然后把食物卡在两个像勺子一样的嘴中间；秃鹰的喙像钩子一样，非常适合撕开猎物。

鸟腿的上半部覆盖着一层体羽毛。下半部则是一层小小的鳞片。它的脚踝好像在腿的半中央。从脚踝向下是一根长长的脚，然后是两根、三根或四根脚趾。鸟有很多不同的方式来使用这些脚趾。

抓住

鸟没有真正的牙齿。但是普通秋沙鸭的上下喙上都有一排细刺，它们朝向后方。这种鸟利用这些锯齿一样的细刺和钩状的喙尖来抓住滑溜溜的鱼。

叉鱼

美洲蛇鹈在水里游动的时候，水面上可以看到它的喙、头和脖子。这就是为什么人们叫它"蛇鸟"。它潜入水中用那尖尖的喙来叉鱼，然后浮到水面上享用。

自己动手

收集脚印

鸟在潮湿的地面上行走时会留下许多痕迹。要制作一只鸟的脚模，先把一杯半的熟石膏和一杯水在一个桶里混合。待混合物光滑后，倒在脚印上。当石膏模具变得比较硬的时候，拿起放到一个安全的地方，让它完全干透。然后把上面的沙子或尘土都刷掉。现在试着认认是哪种鸟留下的脚印。

词汇解读

- **雀形目**，世界上一半的鸟都属于雀形目。它们能够站立在树木上。
- **腭部**的拉丁语mandere，意思是"咀嚼"。
- **喙**，鸟兽的嘴。

知识魔方

- 旋壁雀像蜘蛛侠一样灵活。它有三只朝前的脚趾，一只朝后，每只脚趾上面都有很尖锐的爪子，可以让它们牢牢地抓住东西。
- 白兀鹫能用嘴捡起重达1千克的石头。它们把石头砸向鸵鸟蛋，把厚厚的蛋壳砸开，这样它们就能吃到里面的东西了。

探索路径

- 哪种鸟捕食时头朝下将喙放入水中，并利用特殊的喙从水中过滤食物？请翻到8-9页。
- 鸟没有牙齿，那么它们怎样研磨食物呢？参看12-13页。
- 一种鸟非常擅长使用喙，它可以用喙把树叶编织起来，制造自己的窝。请翻到28-29页。

精确的控制

巨嘴鸟那大大的嘴让这种鸟闻名世界。尽管它的嘴很大，但实际上是中空的，非常轻。嘴巴内部由蜂巢状的结构支撑，类似飞鸟的骨骼。巨嘴鸟用嘴尖叼住食物，然后用舌头调整食物的位置，其舌头有15厘米长且末端长有刷子一样的鬃毛。一旦食物放在了正确的位置上，巨嘴鸟就会向后仰起头，把食物送到食道里。巨嘴鸟有两个向前的脚趾和两个向后的脚趾，这样它在吃东西的时候就能牢牢地抓住树枝。

弯曲与转动

非洲鬣鹰是一种猛禽，它的腿非常特别。它可以用非常奇异的角度弯曲自己的腿。它能向后弯曲70°，向两侧弯曲30°，因此它可以在非常密闭的空间内搜寻食物，比如空心树里，而它的猎物或许会错误地认为那是个安全的藏身之处。

变化的脚

鸟类的祖先——爬行动物有5根脚趾，它们的脚非常适应在地面上行走。现在，鸟类不同形状的脚有着不同的能力，比如游泳、爬树、栖息和奔跑，还包括着陆和起飞。

完美的蹼

和所有其他的鸭子一样，野鸭的脚上有蹼。脚趾之间的皮肤可以让它们的脚像桨一样在水中划水。

舒适的脚垫

美洲鸵是一种体形很大、体重很重的鸟，它们的脚强壮有力。美洲鸵不会飞，所以它们的脚承受很多艰苦的工作。脚上多余的肉，也就是脚垫，可以在奔跑时帮助缓解自身体重的冲击。

紧抓

黑冠吸蜜鹦鹉有两个脚趾向前，两个脚趾向后。这样它们就能牢牢地抓住树枝，进食的时候也能紧抓住食物。

水上行走

美洲水雉是一种涉禽。它们有长长的脚趾和爪子，使它们可以在百合叶子上以及其他浮萍植物上行走自如而不会沉下去。

23

鸟类的行为

一只鸟从你身旁掠过，要去完成某个重要的任务。它是不是在寻找筑巢的材料？它是不是要去喂小鸟？它要飞到温暖的地方去吗？鸟类的每一种行为都向我们讲述一些事情，让我们为它们的生活方式而深深着迷。再仔细观察观察，你就会发现某些对人类来说很奇怪的行为对鸟来说则不足为奇。

26

鸟类相互炫耀、舞蹈或者相互嬉戏追逐是什么季节？

请看**盛装打扮**。

28

如果你是一只鸟，你会在哪里筑巢？筑成什么形状的？

请看**筑巢本能**。

30

蛋壳里面发生了什么，一只小鸟如何钻出蛋壳？

请看**孵化前**。

32

小鸟在哪里锻炼它们生存必需的技能？

请看**慢慢长大**。

34

如果你想喂鸟,你会给它们吃什么?它们吃的东西都一样吗?

请看鸟的食物。

36

猛禽是世界上最凶猛的鸟。是什么让它们成为经验老道的猎人?它们的猎物是什么?

请看强大的猎手。

38

一只鸟怎样在黑夜中捕猎?为什么它要这么做?

请看黑夜中的雷达。

40

鸟在冬天都去哪儿了?为什么它们飞向遥远的地方而不会迷路?

请看周游世界的旅行家。

齿嘴园丁鸟　　　冠园丁鸟　　　　　　金亭鸟　　　　缎蓝园丁鸟

盛装打扮

雄鸟费尽心机想要吸引雌鸟。它们使用的一种最常见也是最有效的方法就是尽力展示自己漂亮的羽毛。是的，它们是在炫耀，这叫做"求爱"。它们想让某只雌鸟无视其他所有的雄鸟，而只关注自己。鸟类求爱的原因和人类约会的原因相同，大多都是想要寻找伴侣，使得自己成家立业。

有些雄鸟不仅依赖它们漂亮的外表来吸引异性，它们还会挑选一块领地或筑巢区域，然后在那儿造窝。园丁鸟还会为自己搭建一座舞台，在上面为心仪的雌鸟表演，而金亭鸟搭建的舞台离地能有一米多高。

每种鸟都有自己的求偶仪式。有些鸟会发出与众不同的声音来唱歌。有些鸟则送礼物，雄性的鹭、蛇鹈和猛禽经常给雌鸟送棍子，好让它们造窝。有些鸟的展示策略则是绝妙的空中表演或翩翩起舞，以吸引雌鸟的注意。信天翁互相轻啄对方的脖子，这种行为叫互相梳洗打扮。

交配后，许多鸟会和伴侣在一起孵蛋并抚养小鸟。但是某些种类的雌鸟则独自抚养小鸟。

舞台上的明星

雄园丁鸟是非常聪明的设计师和内部装修大师。它们会建造一座舞台，然后在上面跳舞，向未来的伴侣展示自己的才艺。褐色园丁鸟都是技术娴熟的建筑师，它们能建造出像凉亭一样结构的宽敞精致的房屋。所有的雄性园丁鸟都会用颜色明亮的物品来装饰自己的舞台，比如贝壳、水果、花瓣、甚至是瓶盖或碎玻璃。它们总是忙着放置或重新摆放这些物品，好让自己的房屋尽可能地吸引雌鸟。一旦雄鸟找到了伴侣并完成交配，雌鸟会单独建巢下蛋，而不需要雄鸟的帮忙。

红色警戒

雄性的小军舰鸟建好巢后，它就会鼓起红色的喉囊，扇动翅膀，发出响亮的咯咯声，呼唤周围的雌鸟。

舞动的季节

最长的华尔兹

每年信天翁都会重新加强与终身伴侣的关系，它们会表演非常复杂的求爱仪式。这些仪式会持续很多天，而且两只鸟都会参与。雄性皇家信天翁有一场精心准备的特别表演。表演开始时它会展开自己巨大的翅膀，仰起头和嘴，朝向天空。然后，它低下头，在巢周围行走，就像一个玩具兵。最后，它翘起尾巴，像狗抖掉身上的水一样抖动。

词汇解读

- **梳洗打扮**，指鸟儿清理羽毛并给自己的羽毛上油。鸟儿在梳洗的时候，会互相清理羽毛。
- **鸟的领地**，是雄鸟以自己的方式规定的一片土地。
- **歌舞表演**，是鸟类求爱时常见的。很多雄鸟在这个时期都变成了"歌唱家"或是"舞蹈家"。

知识魔方

- 少数鸟中雌鸟的羽毛比雄鸟的鲜艳。雌性瓣蹼鹬的羽毛色彩明亮鲜艳得多，而且它们会用自己的羽毛来吸引雄鸟。雄鸟会照顾小鸟，它们身上平淡无奇的颜色可以帮助避开捕食者。
- 信天翁一生只有一个伴侣。但是多数蜂鸟交配后便不会再看一眼自己的伴侣。

探索路径

- 一只雄鸟如果羽毛最漂亮，通常就会找到伴侣。但是鸟类如何让自己的羽毛保持在最佳状态？请看14-15页。
- 哪种雄鸟的羽毛会在阳光下闪闪发光？请翻到16-17页。
- 有些雄鸟会在求爱期间唱歌。要想了解更多鸣禽，请翻到53-53页。

背景故事

摄影明星

摄影可以让鸟类观察者从遥远的地方研究并了解鸟类。但是在自然环境下抓拍鸟儿的照片需要很大的耐心。例如，在求爱期间，几只雄侏儒鸟会聚集在一个求偶场地——它们向雌鸟展示自己的地盘。如果你想找到一块求偶场地，并拍摄下来，你也必须在合适的时间到场，才能看到雄性的表演。摄影师玛丽·里德在记录求偶场地内的长尾侏儒鸟时，曾几次到访哥斯达黎加茂密的森林，直到录制成功。当时里德拍下了一系列美丽而富有知识的照片，拍下了侏儒鸟精心编排的跳跃式舞蹈。此后，她又拍摄记录了求偶场地内的红冠和金领侏儒鸟。

扇子一样的雄鸟

在繁殖季节，雄性大白鹭会在背上长出长长的白色羽毛，叫做鹭毛。这种鸟会把这些毛展开，像一把扇子一样，来吸引雌鸟。

水上芭蕾

美洲䴙䴘会在水面上共同上演一系列美丽的舞蹈。在筑巢季节前期，两只鸟会表演一小段芭蕾舞，嘴上叼一根长长的野草。这叫做"草舞"。在求爱仪式的高潮，它们以一种优雅的方式直起身子，这种姿势被称为"冲刺"，它们会用这种姿势在水面上跑上一段，然后再潜入水中。雄性竞争者也用这种舞蹈来保卫自己的领地。

空中旋转

许多猛禽，比如这些非洲鱼鹰在求爱期间会表演出令人难以置信的空中杂技。成对的鸟可能会绕圈一起飞翔，或者排成一列、一个在另一个上方。它们甚至会用爪子钩在一起，像车轮一样在空中旋转，很像马戏团的演员。两只相互竞争的雄鸟也可能会相互钩住爪子，为争夺领地权而战斗。

羽毛　　铝箔　　苔藓　　线　　小树枝

筑巢本能

你有没有仔细观察过鸟巢，想知道鸟怎么会这么聪明，知道如何建造一个这样有用的家呢？科学家们相信筑巢技能是一种本能的行为，因为这种技能不是从其他鸟那里学到的。每种鸟只知道怎么筑造自己的巢。

我们现在看到的鸟巢是几百万年进化的结果。在遥远的过去，某些鸟的祖先只是用土壤或腐败的植被盖住蛋，让它们保持温暖，而其他鸟则选用树上天然的洞来下蛋。鸟开始用自己身体的热量孵蛋后，渐渐发展出了更高级的筑巢技能。

多数鸟都会建造适合它们自己的巢。或许你曾见过，那可能是杯子形状，用小树枝或草造成的。但是世界上有上百种鸟巢，所有的巢也都有不同的设计，选用的材料也各不相同。有些巢很小，和一个纸杯差不多。有的巢则是很巨大的，可能会和一匹马差不多重。许多鸟巢都是由鸟能找到的材料建造成的，比如头发、纸、箔、线或羽毛。

崖燕用泥做成罐子形状的巢，并安放在大桥上；海鹦和翠鸟会挖洞，将巢搭在洞里；金莺在树杈处建造一个很深的篮子；丛山雀用蜘蛛网把小树枝、树根和苔藓黏合在一起做成一个长长的袋子。无论鸟巢的形状如何，它们都能帮助成鸟让蛋保持温暖、保护鸟蛋和小鸟免受捕食者的侵犯。

纺织大师

雄性黑头织雀，又称为"黑头织布鸟"，它们能把一条条的植物黏合在一起，建造出一个带屋顶的篮子。它们会把草打结，使鸟巢变得更安全。然后它在鸟巢前表演来吸引雌鸟。雄鸟在交配季节通常会和许多雌鸟交配。这种方式叫做一夫多妻制。这些织雀在鸟群中筑巢。雌鸟会独自抚养小鸟，并和鸟群中的其他雌鸟一起担任警卫工作。黑头织雀吃的植物种子很常见，且供应充足，所以雄鸟不需要保护自己的领地和食物源。

自己动手
建造鸟巢

鸟类是纺织大师。为了了解它们这种奇妙的技术，试着自己建造一个鸟巢。

首先，你需要一根有两个或三个枝杈的结实树枝，很多细小的树枝，还有草、树叶、芦苇以及鸟可能会用到的其他所有东西：泥巴、线、干苔藓或者你自己的头发（如果你刚刚剪了头发）。

接着，用有枝杈的树枝当做基底，在上面摆放小树枝。像某些鸟一样，你可以从平坦的平台开始，也可以把小树枝围绕着大树枝弯曲，形成一个杯子形状。这个想法就是制造一个小小的篮子。

然后，把编织材料加入鸟巢中，让边缘更结实。用苔藓或草将巢各部分串接好。

在你成功地建成一个完好结实的鸟巢之前，你可能会造出很多个散架的窝。

词汇解读

- **洞穴鸟类**，指在树洞、崖洞或人工鸟窝内筑巢的鸟。这些洞通常就叫做洞穴。
- 有些鸟实行一夫多妻制，也就是说一个雄鸟会和许多雌鸟交配。**一夫多妻**的英文单词polygyny来自希腊语poly，意思是"多"，以及gyne，意思是"女性"。

知识魔方

- 有些热带的鸟，比如霸鹟和鸫鹟在蜜蜂与黄蜂的巢穴附近筑巢。这些昆虫可能会让苍蝇和捕食者远离它们。
- 有些猛禽会让其他鸟，比如麻雀在它们自己的巢里做窝，这些猛禽的巢比客人们的窝大很多。危险临近时，小鸟会大声鸣叫，以提醒大鸟注意。

探索路径

- 哪种鸟会建造鸟巢一样的东西，却从来不在里面下蛋或抚养小鸟？请看26-27页。
- 在悬崖上筑巢的鸟有怎样的能力防止自己的蛋滚出鸟巢掉入海中？请看30-31页。
- 哪种鸟巢建在城市摩天大楼的边缘上？请看46-47页。

温馨的家

最好的房地产

有些猛禽，比如南部非洲的黑雕会在悬崖绝壁上建造大型的巢。这些地方，叫做巢窝，有的会使用长达几百年。每一年，黑雕都会添加更多的树枝和其他建筑材料来修补这个巢。

安然无恙

北美的猩红比蓝雀更喜欢把巢建造在橡树上，离地面高达两三米到二十几米的地方。这些巢是杯子形状的，和多数树上的鸟巢一样，这种形状可以完美地防止鸟蛋滚落下来。

水边的家

翠鸟、麻鸭、岸燕在河岸边挖洞建造自己的巢。它们在水岸线以上挖洞，以免被淹。其他鸟，比如大西洋鹱则用旧的兔子窝作为自己的巢。

"炉灶"里的窝

棕灶鸟是一种居住在南美洲的鸟。它在树上或电线杆顶上造窝，它的窝很像老式烤炉的炉灶，是用泥巴混着草和动物的毛发造成的。在里面有一个草皮覆盖的空间，它们把蛋下在那里面。

安全的窝

苇莺的巢建在高高的芦苇上，因为在水的上面，所以幼鸟非常安全，不会受到捕食者的侵袭。苇莺是一个非常棒的建造师，它把巢建得非常坚固和安全，在风大的时候，保护着幼鸟不会掉入水中。

水涨巢高

黑翅长脚鹬会在一个干燥开阔，并覆盖有低矮植被的地方挖一个浅洞。有时，它也会在泥泞的堤岸上或土堆上建造一个杯形的巢。如果水位上涨，这个窝就会建得更高。

安氏蜂鸟蛋　　旅鸫蛋　　普通拟八哥蛋　　　　鸡蛋　　　　　　　　　　　鸸鹋蛋

孵化前

雌鸟下的蛋看起来好像没有生机，但是光滑的外表里面隐藏着非常奇妙的小生命。每个蛋里面都有一个细小的活胚胎，会渐渐成长为一只鸟。胚胎里面有成长需要的一切营养，直到蛋被填满，小鸟孵出。现在万事俱备了，只要保持温暖，一经孵化，一只活的小鸟就会破壳而出。

雌鸟通常会把受精的蛋下到巢中。然后，雄鸟或雌鸟会让蛋保持温暖，或者它们会分担这个工作。一只鸟在孵蛋前肚皮上的毛会脱落。这个地方叫做抱卵点。鸟用抱卵点紧贴着蛋，身体的热度会让蛋保持在合适的温度。鸟会翻动蛋，让它们受热均匀。有些鸟会用堆起的落叶盖住蛋完成孵化。

小型鸟的孵化时间只要一周多，而大型的鸟则需要12周。一只小鸟可能会在孵出前几天就开始发出声音。为了出来，它会不断地啄蛋壳，直到啄开蛋较大的一头。有些鸟妈妈和鸟爸爸听到小鸟叫就会帮助它们啄开剩下的蛋壳。

一窥究竟

1. 一个蛋包含有正在成长的鸟（胚胎）、蛋黄和蛋清（蛋白）。小鸟在孵化前用蛋黄和蛋清作食物。

2. 小鸟吃掉蛋黄和蛋清，就会产生废物，储存在一个特殊的袋子里。

3. 小鸟快孵出时，就会几乎填满了整个蛋壳。

4. 未孵化的小鸟有特殊的破卵齿，帮助它们获得自由。孵化后，牙齿就会脱落。

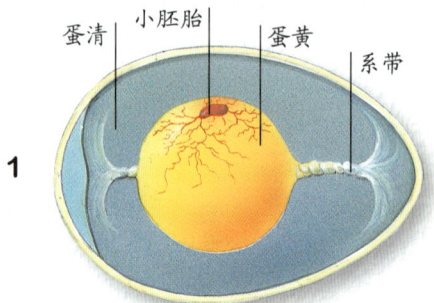
1　蛋清　小胚胎　蛋黄　系带

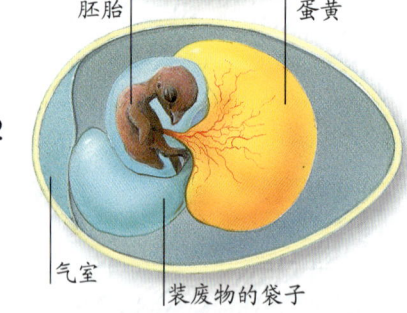
2　胚胎　蛋黄　气室　装废物的袋子

3

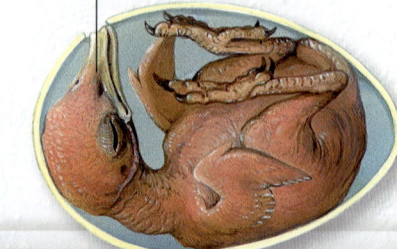
4　破卵齿　发育中的小鸟

自己动手
藏蛋的地方

有些国家的孩子们会给蛋涂上艳丽的颜色，当做复活节彩蛋。在野外，多数自然的蛋却一点都不漂亮。这些蛋只有隐藏在环境之中，才会避免被捕食者发现。

看看你能不能给蛋涂上和自然环境相融合的颜色。你需要从超市里买来鸡蛋、油画笔和水彩漆。寻找一个理想的巢点，或许是在树下的干树叶中。研究这个地点的颜色和花纹。然后把你的蛋涂成相同的颜色。开始时用中性的基底色，比如棕色或灰色，然后加上绿色、棕黑色或黑色的斑点和条纹。现在把你的蛋放在那个地方，看看你的朋友能不能发现这个蛋。

多样的好处

鸟蛋会有许多不同的形状、颜色和大小。这些多样性对每个物种的生存来说都很重要。这些多样性使蛋不受捕食者的侵袭，保护了它们自己。

无处可走

崖海雀蛋的一端窄窄尖尖的。这样的形状可以防止蛋从悬崖边上掉下来。如果蛋开始滚动，它就会以圆圈的方式打转，而不是沿着一条直线滚动。

词汇解读

- **孵化**，这个词源自拉丁语 cubare，意思是"躺"或"倚靠"，它的英文拼写是 incubate，加了 in 是"在上面"的意思。
- 英文 brood 来自德语 brut，意思是"抚育"。A brood 意思是一窝，是指在一起孵化的一群鸟。动词 to brood 的意思是孵化后盖住幼鸟，让它们暖和。

知识魔方

- 已发现最大的鸟蛋是一种已经灭绝的象鸟的蛋。它们的蛋里含有 8 升的液体，这是你从超市购买的两大箱牛奶的量。
- 鸵鸟的蛋是世界上现在的鸟类所下的最大的蛋。它有多大？试着想象一下，一个鸵鸟蛋能够装进去 12-18 个鸡蛋。

探索路径

- 很多鸟精心筑巢，保护它们未孵化的蛋。更多信息请看 28-29 页。
- 哪种鸟会堆起树叶，把蛋埋进去保持温暖？答案在 44-45 页。
- 哪种雄鸟会在脚下孵化一只蛋？请看 60-61 页。

勇敢面对新世界

有些小鸟可能会需要好几天才能打开坚硬的蛋壳，比如绒啄木鸟。首先，小鸟必须面向蛋较大的那一端。接着它刺破气室，开始它第一次呼吸。然后，小鸟就会开始啄蛋壳，破卵齿和强壮的颈部肌肉可以帮助它打破蛋壳。小鸟用脚在蛋壳内转一个圈，刚好头部也在蛋壳上啄出一圈裂缝。一旦圆圈完成，小鸟就使劲弄破蛋壳。一般先出来的都是头。

抚养

有些杜鹃鸟是巢中的寄生鸟，它们会把蛋下到其他鸟的巢中，即使杜鹃蛋比自己的蛋大，主人也可能不会注意到，而且它们通常会继续养育孵化后的杜鹃鸟。

看起来很像

普通燕鸥直接把它们的蛋下在地面上。你很难把这些蛋和鹅卵石区别开，因为蛋上的斑点和鹅卵石上的图样融合在一起，伪装得非常完美。

 正在孵化的红腹灰雀　6天后的样子
 28天后的样子　9个月后完全长大的样子

慢慢长大

孵化幼鸟是一件非常奇妙的事。有些鸟，比如鸭子出生时双眼是张开的，它们的幼鸟一出生就会跑、会游泳。这样的鸟叫做早成鸟。早成鸟在孵化时就已经覆盖了一层绒羽。这些绒羽随后会被成鸟羽毛代替。

其他鸟，比如鸣禽，在出生时双眼都是闭着的。这些刚出生的鸟非常虚弱，无法在孵化后四处走动。这些叫做"晚成鸟"。多数晚成鸟，包括红腹灰雀，孵化时没有毛或者只有很稀疏的一层毛。晚成鸟的羽毛沿着翅膀和身体成束生长。

小鸟靠父母寻找食物和保护，直到它们能够自己养活自己。多数种类的鸟爸爸和鸟妈妈都会共同养育幼鸟，但是鸭子和有些种类的鸟中，只有雌性才养育幼鸟，而瓣蹼鹬则是雄性养育幼鸟。佛罗里达灌丛鸦父母养育幼鸟时，还会得到幼鸟哥哥和姐姐的帮助。鹈鹕生活在庞大群体中，幼鸟离开巢穴后，父母们就会把它们聚集在一起，形成一个托儿所，然后所有的成鸟都会小心地提防可能会危害幼鸟的捕食者。不过，喂食时鹈鹕父母还是各喂各的孩子。

一天又一天，幼鸟越长越大、越来越强壮，逐渐学会了它们生存需要的许多技能。

凉爽的沐浴

鲸头鹳虽然看起来很笨拙，但却非常擅长精细的动作。年幼的鲸头鹳经常会被非洲炙热的太阳烤晒。父母就会用它那巨大的尖钩嘴取来凉爽的水，给幼鸟沐浴。有时，鲸头鹳会用巨大的身体和宽阔的翅膀替幼鸟遮阳。

未来的保障

鸟爸爸和鸟妈妈必须努力避免幼鸟遭受危险。虽然普通潜鸟一出生就会游泳，但它们不会保护自己。父母仍然觉得危险，它们就把幼鸟放在背上转移到安全的地方。

让宝宝吃好

有些幼鸟不能消化固体食物。成年鹈鹕把食物变成液体，它们让液体食物沿着它们巨大的喙流下来，喂幼鸟吃。幼鸟长大些后，就会直接从父母的食囊中吃固体的食物。

伪装的作用

双胸斑鸻发明了一种方法来愚弄偷猎幼鸟的侵略者。它假装翅膀断了，吸引捕食者的注意力。一旦捕食者被诱离巢穴，双胸斑鸻立即停止伪装飞走了。

词汇解读

- **晚成鸟**，晚成的雏鸟很无助，需要父母照顾它的所有需求，在拉丁语中，表达为altricies，意思是"养育者"或"护理工"。
- **早成鸟**，早成的雏鸟一孵化就能离开巢穴四处走动。
- **鸣禽**，鸟的一类，叫声悦耳。

知识魔方

- 在格陵兰，白额黑雁把蛋下在悬崖上，以免受到狐狸的侵袭。幼鸟第一次离开巢穴时，它们在离海面几百米的地方半跳半飞着。它们常常会撞到岩石，但是它们的身体脂肪和柔软的羽毛缓冲了这些撞击。
- 野外的雄性幼鸣禽会模仿成年鸟的叫声。养在笼子的鸟很少能发出和野外同类鸟一样的叫声，因为它们并没有听过同类的歌唱。

探索路径

- 一只南美热带雨林中的幼小的雏鸟提供了鸟类进化的线索。想了解更多请看10-11页。
- 鸟的飞翔本领很强，但是其他脊椎动物很少有会飞的，鸟类是怎样做到这一点的呢？更多信息请看18-19页。
- 冬天来临时，许多鸟都会迁徙。幼鸟是如何识别迁徙路线的？请看40-41页。

分段学习

幼鸟要学习很多生存技能。有些技能是天生本能的，有些是需要后天学习的，而有些则既需要本能又需要学习。

水里的鸭子

水鸟孵化后很快就进入水中，因为总是有捕食者在等着吃掉它们。游泳是水鸟本能的行为，就像筑巢一样。但是小鸭子要跟父母学习觅食和寻找避难所，以及如何避开捕食者。

和我一起飞

羽翼未丰的带状吸蜜鸟离开巢后就不会回来。它们飞翔的能力是天生的，但是要掌握这种技能需要练习。这些迁徙的鸟需要很强的飞行能力才行，因为它们要飞到很远的地方去寻找它们能吃的鲜花和花叶。

让我教你

幼鸟经常通过观察和模仿父母来学会技能。比如，佛罗里达的小绿鹭无意中学会往水塘里扔面包能吸引鱼类。于是，它们的幼鸟也学会了这种技能，这样它们就能捕鱼了。

背景故事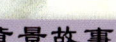

你是我妈妈吗？

小鸟孵化出来，它知道自己是哪种鸟吗？小鹅知道自己是只鹅吗？康拉德·洛伦茨（1903-1989），这位奥地利动物学家，在自己的研究中探索了这类问题。他做了一项实验，在实验室里孵化几只鹅蛋。小鹅孵化出来后，他喂它们吃东西，让它们保持温暖并保护它们。小鹅很快就接受了他，认为他是它们的父母，他走到哪里就跟到哪里。洛伦茨通过小鹅的实验说明幼鸟通过一个叫做"印随行为"来学会识别自己的身份。也就是说，它们会依附于一个照顾它们的——通常是它们的父母，并认为它们也是同种类的生物。由于这次独创性的实验以及许多其他对动物行为的实验研究，洛伦茨于1973年荣获了诺贝尔奖。

虾　　　　　浆果　　　　种子　　　　水生植物　　　　虫子

鸟的食物

如果有人说"你吃得像鸟一样",这是指你挑食而且吃得非常少。但实际上,如果拿鸟类消耗的食物量和它们的身体大小相比,鸟类比人类吃的食物多很多。鸟类必须吃很多食物,才能为飞翔、筑巢和冬季保暖提供能量。

鸟吃种子、水果、植物以及无脊椎动物。这些动物包括虫子、蛤蜊、虾和昆虫。鸟类喙和爪的尺寸与形状,会由于它们所吃的食物不同而大不相同。簇山雀的脚强壮有力,能够抓住细小的树枝,以不同的角度悬挂着,方便吃到叶子上的昆虫;柳莺的喙细长,可以在茂密的树枝中间寻找可口多汁的毛毛虫;鹟、雨燕、燕子和夜鹰都是吃昆虫的,它们的喙又宽又大,飞翔时,这些鸟张开喙来捕捉昆虫。

对有些鸟来说,寻找能吃的食物可能是个挑战。秧鹤与食螺鸢非常挑食,它们主要以蜗牛为食。对于吃种子和水果的鸟类来说,冬天或者植物还没有结果时,它们就很难找到足够的食物。太平鸟和交喙鸟为了寻找食物而四处流浪。它们吃完巢周围所有的松果或浆果后就飞到其他的区域。

自己动手

喂小鸟

要制作一个简单的喂鸟器,你需要一个干净、干燥的塑料牛奶盒、一根直棍子、剪刀和一些线。

1. 在盒子的一侧,大约离底部2.5厘米的地方,切开一个7.5厘米宽的开口。在盒子的对面开第二个口。

2. 在每个开口下面,开一个小洞,刚好能放下你的棍子。让棍子穿过洞,为鸟制造一个栖息的地方。

3. 在喂鸟器底部放满种子、新鲜的水果或虫子,一直到与开口平行。把绳子的一端系到盒子的把手上,另一端挂到树上或杆子上。

寻找水果和坚果

马来西亚和泰国的马来犀鸟经常在森林里游荡,寻找它们最喜欢吃的水果和坚果。犀鸟能很容易处理较大的水果,还会用它们巨大的喙来打开坚果那坚硬的外壳。

进食的方法

新鲜的食物

有时要获得美味需要付出点努力。蛎鹬大多靠贝类为食,它们在淤泥中和海滩上寻找食物。欧亚蛎鹬会用凿子一样的嘴打开蚌和牡蛎。它会刺中或切开连着两块贝壳的肌肉,或者用一块石头把贝壳砸碎。

击中目标

红胸吸汁啄木鸟会在树上钻一排小洞。每个洞口都朝下,这样树的汁液就会流出。这种鸟吃树的汁液,以及所有汁液上黏着的昆虫,它用自己满是鬃毛的舌头把它们一扫而光。

词汇解读

- 吃昆虫的鸟叫做**食虫鸟**,而吃水果的鸟则叫做**食果鸟**。
- **无脊椎动物**是没有脊椎的动物。这个词相对于**脊椎动物**而言,在学习有关动物的知识时,常被提到。
- **浆果**是肉果的一种,中果皮和内果皮都是肉质,水分很多,如葡萄、番茄等。

知识魔方

- 有些鸟和植物的关系非常密切,它们的这个习性有助于相互依存。例如,北美星鸦冬天靠白皮松的果实存活。它们在夏天埋藏上千颗果实,然后在冬天挖出来吃掉。冬天里没有吃掉的果实就会在春天发出枝芽,帮助松树繁殖。这些新的树又会为下一代的北美星鸦提供食物。

探索路径

- 鸟类不需要牙齿来研磨食物,那么它们的身体如何加工食物呢?请翻到12-13页。
- 鸟的喙已经适应了自然环境,所以鸟会吃某些特殊的食物。要了解更多,请看22-23页。
- 有些鸟是食肉的,也就是说它们吃肉。它们如何捕捉自己的猎物呢?请看36-39页。

破碎机

种子是鸟类的主要食物。紫蓝饰雀坚硬的圆锥形嘴巴非常适合打开种子。这种神秘的鸟在地面上、荆棘下和树丛中寻找食物。

叮咬或被叮咬

许多鸟吃昆虫,但是吃蜜蜂的话可能会被它痛叮一下。欧洲食蜂鸟学会了一种方法来避免这个问题。它用长长的嘴尖咬住蜜蜂,在树枝上揉搓,取下蜂刺。然后它会挤压蜜蜂的身体,去除所有的毒物,最后再将它吃掉。

生命的花蜜

蜂鸟非常活跃,像阔嘴蜂鸟,每天它们需要吃掉和自己体重差不多的花蜜来保持自己的力量。蜂鸟会在空中盘旋,这样它们就能维持在一个地方,以便它们长长的喙能够插到喇叭形状的花朵里面。它们也会向后飞,这样可以离花朵远点。

工具鸟

加拉帕戈斯群岛上的啄木地雀有吃木头里的虫子的习惯。但是啄木地雀和啄木鸟不同,它们没有长长的舌头和喙,无法直接穿过树洞吃里面的虫子。相反,它们会用一根仙人掌刺或小树枝把虫子挑出来。

一臂之力

黄嘴牛椋鸟是欧椋鸟的亲戚,它们在寻找自己食物同时也在帮助其他动物。它们以长颈鹿、水牛、河马和犀牛皮肤和毛发内恼人的蜱虫和虱子为食。

35

小雀鹰（翼展0.4米）

蛇鹫（翼展2米）

安第斯神鹰（翼展3米）

强大的猎手

狩猎鸟类是飞翔战士，它们强壮有力、无所畏惧，已经完美地具备了猎杀生物的能力。最佳猎手是猛禽，包括雕、鹰、隼和猫头鹰。它们的视力是人类的三倍多，它们从很远的地方就能看到猎物。猛禽们做的事可不那么漂亮。它们能用尖尖的爪子抓住并杀死猎物。它们也能用那强壮的、像钩子一样的喙瞬间杀死猎物，只需"嘎吱"一声，它们就能弄断猎物的脖子。它们用嘴把猎物撕成能一口吃掉的大小。

翠鸟、鹭和鹳没这么夸张，但它们也是技术娴熟的猎人。它们捕鱼、青蛙和其他水生动物，锐利的眼神和雷霆般的反射神经帮助它们抓住那些滑溜溜的快速移动的猎物。鹳的速度不是一般的快，它们能感受到泥泞之中的猎物，并快速做出反应，其反应速度为几千分之一秒。

有些海鸟，像大贼鸥会猎捕其他水鸟，包括鸟蛋和其他小水鸟。贼鸥、巨鹱、信天翁和陆上的秃鹰一样，有食腐习性，除了捕猎活的生物，它们也吃动物腐烂的尸体。

背景故事

一项古老的运动

猎鹰训练是一项古老的运动，可以追溯到好几百年前。猎鹰训练师训练一只隼或鹰来捕捉猎物，让它们带着猎物飞回到主人身边。主人会奖励它们食物并把它们关进笼子里，直到下次出门捕猎。在精密的猎枪发明之前，猎鹰训练流行了好几个世纪。猎鹰训练师是最先认真研究鸟类的人，他们学习鸟类的习性和技能。现在，只有少数人还在从事这项运动，而且还设立了严格的规定，来保护这些鸟。

逮住你啦！
天蓝翠鸟是一种聪明的捕鱼手。它会在栖息处认真地观察水面，然后猛扑过去，用喙叼住猎物。

奇袭
非洲侏隼用速度来惊吓猎物。它停留在旷野中的枯木上，然后突然冲向猎物。这种小鹰大概有19厘米长。在东非大平原上，只要发现白头牛文鸟或交际织布鸟，就能发现它的踪影。因为它利用这些鸟的旧巢来抚育自己的后代。

致命的武器
许多猛禽白天狩猎。它们吃活的猎物，用强壮的爪子捉住这些猎物。它们都是非常熟练的猎手。

钩住
漂亮的鹗只吃鱼。它把脚先沉入水中抓住扭来扭去的鱼，再把猎物从水中抓出来吃。鹗的爪子带有特别的钩刺，叫做"骨针"。

词汇解读

- **猎物**是指被另一个动物杀死来当做食物的动物。在拉丁语中为 praeda，意思是"战利品"，指士兵占领一块领地时带走的食物和值钱的东西。
- **锤头鹳**这个词是南非荷兰语，意思是"像锤子一样的头"。这个词指的是鸟头轮廓的形状。

知识魔方

- 北美的两种美洲鹫狩猎方法不同。红头美洲鹫能嗅到空气中腐烂动物的气味。黑美洲鹫则使用敏锐的视力发现食物。有时黑美洲鹫会等红头美洲鹫闻到气味后，跟着它们找到动物的尸体。
- 普通翠鸟的领地高度大约有240米。它会赶走所有敢于飞到它们领地内的入侵者。

探索路径

- 居住在山上的大型猛禽怎么能飞那么高，并在空中停留那么长时间？答案在18-19页。
- 夜间捕猎的鸟有特殊的技能，能找到猎物的位置。它们是怎么做到的？请翻到38-39页。
- 有些猛禽，比如游隼已经非常适应内陆城市了。想了解更多请翻到46-47页。

天生的王者

1782年，白头鹰成为美国的国鸟。它那勇猛的表情战胜了野火鸡，赢得了这个荣誉。白头鹰主要捕猎鱼类，有时也会捕捉鸭子或吃动物尸体。如果有机会它还会偷取其他鸟类的食物。

住手，小偷！

南极贼鸥和其他贼鸥一样，有很多获取食物的方法。它经常到企鹅的聚居地抢掠，不仅抓小鸟、鸟蛋，还吃所有它能找到的动物尸体。多数贼鸥都会袭击正在吃食的鸟类，想要从它们那里偷取食物。

青蛙腿，还有谁要吃？

锤头鹳是一种很小、看起来像鹳的鸟，它们生活在非洲的大草原上，主要靠青蛙为食。它们也吃鱼、蚌和大型的昆虫。它们会在捕食地点附近树杈上用木棍和泥巴建造巨大的巢，仅留一个小口进出。

踩踏

非洲大草原的蛇鹫会捕蛇，包括有毒的眼镜蛇以及其他爬行动物。它身高大约1.3米，行走在草原上，寻找猎物的痕迹。蛇鹫的爪并不强壮也不锐利。为了杀死猎物，蛇鹫会踩踏猎物，弄断它的脖子。

巡航导弹

栖息在南美洲安第斯山脉中的安第斯神鹰，它们在山峰上方搜寻死去的动物，如绵羊和美洲驼。一旦找到动物的尸体，它就立刻飞下来。和其他物种不同，安第斯神鹰愿意分享食物，很少在进食过程中相互争吵。

油鸱　　　　　白腹裸鼻鸱　　　　鹭鹤　　　　夜鹦鹉

黑夜中的雷达

如果你在漆黑的夜里走出房门，没有月光，你可能很难看到前方几米以外的地方。但是猫头鹰敏锐的视力让它能在夜里探测到远处一只老鼠在森林里移动。如果老鼠稍稍碰到树叶，猫头鹰也能听到那种沙沙声。有些夜间捕猎的鸟，比如穴居油鸱使用回声定位法——利用物体对声波的反射——在伸手不见五指的黑夜中寻找道路。

夜幕降临时开始活跃的鸟类被称为暮光性（暮光活性）或夜行性（夜行活性）鸟类。为了保护自己，它们白天睡觉。猫头鹰、夜鹰和蟆口鸱毛色很暗，这样它们就很容易和周围环境融合。澳大利亚的绿色夜鹦鹉隐藏在茂密的滨藜树叶中。多数夜行性动物都会发出毛骨悚然的叫声，很远都能听到，比如新喀里多尼亚的鹭鹤。

鸟类在夜间狩猎有许多好处，这让它们在夜间捕食活动更加活跃。夜里大多数其他鸟类都睡着了，不会和夜行性鸟类争食物，而且多数捕食鸟类的动物也都休息了。

现在你看到了我

和许多夜行性鸟类一样，白天的时候你很难发现茶色蟆口鸱。它栖息在树上时，很容易被误认为是一根树枝——除非它张开它那大大的嘴巴。

现在你看不到我

普通林鸱会摆成像木桩一样的姿势，白天的时候就很难看到它。它的嘴巴宽宽扁扁的，周围有点短毛，这样可以把食物聚集到嘴里。普通林鸱用俯冲飞行的方式来捕捉昆虫。

背景故事

追踪

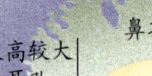

美国的罗斯·安·罗莱特近二十多年来一直都在组织全世界的鸟类探险活动。她很擅长找出不容易被看到的鸟类。这些鸟有些隐藏在茂密的森林，而另外一些则很害羞，偷偷摸摸地只在夜间出来。

为了找到像南美的夜冠雉或者新几内亚的白腹裸鼻鸱这样的夜行性鸟类，罗莱特运用自己的知识，了解它们的习惯、居住地以及声音。她用一个带有高灵敏度麦克风的录音机录下声音，还利用一个强光手电筒来寻找鸟儿。她的工作取得了令人激动的发现。在巴拿马，她和她的同事们第一次用录音机录下了冠鸱的叫声。

夜间猎手

许多种类的猫头鹰耳朵都是不对称的。一个会比另一个高些、大些。这样声音到达每个耳朵的时间会稍微有些先后差别，从而帮助猫头鹰更精确地判断出猎物的位置。

较高较大的耳孔　　鼻孔　　眼窝　　较低的耳孔

多数鸟类的眼睛都在头的两边，但是猫头鹰的眼睛都是朝前的。它们的双目视力——同时用两个眼睛看同一个物体——能够帮助它们判断距离。

70° 双目视力范围

110° 视力范围

词汇解读

- **双目视力**是指同时使用两个眼睛看的视力。双目的英文binocular，这个词来自拉丁语，前缀bi–意思是"两个"，拉丁词汇oculi，意思是"眼睛"。
- **暮光性鸟类**在光线暗淡的时候出来，比如黄昏和黎明，甚至是日食的时候。

知识魔方

- 仓鸮整个吞下猎物，消化掉可以消化的部分后，吐出一团东西，包括毛皮、头骨和大点的骨头。仔细分析这些东西，你可以发现猫头鹰都吃什么。
- 在求爱仪式中，普通夜鹰会从天空中冲下来，快到地面的时候才突然向上。俯冲到底的时候，风穿过它的羽毛，发出轰轰的响声。

探索路径

- 隐蔽色帮助夜行性鸟类在白天休息的时候隐藏行迹。白天活动的鸟是不是也用羽毛来作伪装？答案在16–17页。
- 新西兰的国鸟是一种夜行性鸟。你知道它的名字吗？请看20–21页。
- 哪种夜行性鸟掌握了冬眠的技术？请看60–61页。

夜间的精灵

那是不是夜空中的鬼魂？不，那只是一只仓鸮在捕猎。它盘旋在上空，白色的腹部在夜空中格外显眼，人们看到仓鸮会感到害怕。或许你刚刚从震惊中恢复，它就尖叫起来，又让你觉得毛骨悚然。仓鸮在全世界的野外都有分布。

徘徊在日落时

黑冠夜鹭虽然在白天很活跃，但它通常等到黄昏时分才离开栖息地寻找食物，这时很少有其他鹭类来竞争。

猫头鹰悄无声息地扑向猎物，这是因为它们的外层飞羽边缘呈锯齿状，降低了空气在翅膀上方的流动，尽量减少了扇动翅膀时发出的声音。多数飞鸟翅膀的飞羽边缘都是平滑的。

猫头鹰大多捕猎啮齿类动物。一旦它们找到了猎物，就会悄悄地滑向猎物。展开翅膀，它们伸开锋利的弯爪刺向目标，然后用带钩的喙咬住猎物的脖子，捕猎就完成了。

 食米鸟　　　 北极燕鸥　　　棕煌蜂鸟　　　 家燕

周游世界的旅行家

和有些人一样，许多鸟有两个家——一个是夏天住的，另一个是冬天住的。飞翔使它们很容易从一个地方到另一个地方。秋天的时候，它们就离开夏季的窝，迁徙到温暖的地方去，在那里它们能找到更多的食物。季节改变时，它们又迁徙回来。大多数鸟每年的迁移时间都相同。当栖息地日照时间越来越短，它们就知道是时候飞到温暖的地方去了。

有些鸟迁徙时会与一个种群或许多种群一起，初次迁徙的和有经验的鸟一起飞。而其他鸟，比如大杜鹃则单飞，当它们遇到其他单独的旅行者时，就会来回呼叫。小鸟通常在夜间迁徙，因为此时它们的捕食者都睡着了，而且夜间更凉快，飞行不会那么累。

鸟类是非常出色的导航员。有些种类的鸟会利用太阳、月亮和星星确定飞行路线。其他种类的鸟则观察大型的地标，比如山脊或海岸。信鸽和其他几种鸟在头部有一块小小的磁性晶体，这块晶体会指向地球的磁极，就像指南针一样，这样鸟就可以感知方向。

并不是所有的鸟都迁徙。世界上大约有一半的鸟整个一生都待在自己唯一的家附近。

 背景故事

屏幕影像

十几岁的时候，西德尼·高思罗曾亲眼见到成千上万只正在迁徙的鸟，比如绿鹃、柳莺、鹩、裸鼻雀和杜鹃。它们筋疲力尽、饥肠辘辘地跨越墨西哥湾来到北美洲。从那时起，他就立志研究鸟类的迁徙。

20世纪50年代雷达站都用来研究天气。这些雷达站给了高思罗一次特别的机会，让他追踪鸟类的行动。即使是最小的鸟也显示在屏幕上。高思罗现在用一种更加强大的雷达系统来研究鸟类的迁徙，叫做NEXRAD（新一代雷达）。他的研究表明，比起20世纪60年代，现在穿过墨西哥湾的鸟更少了。这或许说明有些鸟的数量在减少，需要保护。

词汇解读

- **迁徙**的英文 migrate 来自拉丁语 migrare，意思是"改变居住的地方"。
- **导航**的英文 navigate 来自拉丁语 navigare，意思是"航行"。
- **雷达**通过测量无线电波碰到物体返回所花费的时间确定物体的位置。雷达的英文 radar 是一个短语的缩写形式 ra(dio) d(etecting) a(nd) r(anging)，意思是无线电检测和定位。

知识魔方

- 曾有人在6,400米的高空看到黑腹滨鹬、红腹滨鹬和其他小型的迁徙鸟类。一位飞行员在外赫布里底群岛上空7,300米处飞行的时候，看到一群正在迁徙的大天鹅。
- 如果把一只大西洋鹱从英国带到美国，然后再放了它，它会找到回家的路——跨越大西洋，只用12天就完成足足有5,150千米的旅程。

探索路径

- "抬升"、"旋涡"和"上升气流"都与飞行有关。要想了解这些是什么意思，请看18-19页。
- 小鸟是不是天生就会飞？答案在32-33页。
- 有些鸟一天飞得很远，特别是海鸟在找食物的时候。它们如何在大海上生存？请看48-49页。

超级空中通道

很多鸟迁徙时都使用少数的几个线路。这些线路都沿着海岸地区和大片的陆地，可以避免长时间在海上或高山地区飞行。最大型的迁徙在北美和南美之间、欧亚和非洲之间以及东亚和澳大利亚之间。少数鸟会选择其他比较难的路线。

排成队

有些鸟类的行为对我们来说还是未解之谜。比如，成群的白额黑雁在格陵兰岛和欧洲的迁徙途中总是成"V"字形飞行。科学家还不确定它们及其他种类的鸟这么做的原因。有些科学家认为是头鸟的翅膀产生了旋风气流，从而引起空气上升，后面的鸟就更容易飞行。其他科学家则认为呈"V"字形飞行，后面的鸟就更容易看清楚前面的鸟，避免和前面的鸟相撞。

读出标记

天体灯塔

有人曾针对夜间迁徙的鸟类，比如麻雀和柳莺做过以下实验。在北方春季将这些迁徙中的鸟儿捕获后，再将它们放入一个天体馆内，它们都向北极星飞去——无论北极星在天体馆内天花板的哪个地方。

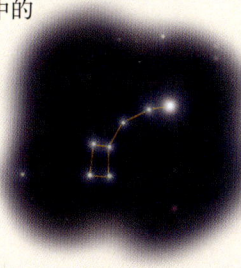

磁力测试

为了验证鸟类根据地球的磁场进行导航的理论，研究者们把一块磁铁绑在鸽子的头上。他们发现这块磁铁使鸽子迷失了方向。换一块没有磁力的铜，则不会影响鸽子的方向感。

跟着头儿

有些幼鸟向它们的父母或家族中的其他成鸟学习迁徙的路线。沙丘鹤和红嘴巨鸥跟着它们的父母从加拿大飞到美国南部，它们白天和黑夜都在相互不停地呼唤。

陆地上的地图

河川、山脉和海岸线好像可以帮助鸟儿在白天迁徙。很多这样的地标都是南北走向，和迁徙路线一致。

鸟类的分布

森林、沙漠、海洋和城市有什么相同之处？你能在所有这些地方发现鸟类吗？这些地方和许多其他的环境都是鸟类的栖息地。鸟类的外表和行为与栖息环境关系密切。鸟类很会适应它们的栖息地。比如沙漠中的鸟有很好的方法能找到水；有些鸟会选择在城市房屋的窗户上做窝。请向后翻看，开始探索鸟类称之为家的地方。

44 观鸟的人在观察时如何不吓跑鸟类？你怎样做一名合格的观鸟人？

请看**观鸟**。

46 拥挤吵闹的城市对鸟来说似乎不是很好的栖息地。它们是如何适应城市的？

请看**时髦的都市人**。

48 海洋中蕴含着大量的食物，鸟是如何抓到它们的？

请看**大海边**。

50 河流、湖泊和沼泽不仅仅是鸭子的栖息地，还有哪些鸟居住在淡水边？

请看**淡水边**。

52 在树林中，听到鸟儿比看到它们更容易些。哪些鸟藏在那儿？

请看**树林里**。

54 在热带雨林，树木长得高大，遮盖了阳光。有哪些鸟喜欢在阳光灿烂的树顶，又有哪些鸟喜欢在阴凉处呢？

请看**丛林深处**。

56 穿越广阔的非洲大草原，你是不是想体验一次打猎呢？

请看**辽阔的草原上**。

58 鸟如何在高高的山脉上生存？那里的空气可是既稀薄又寒冷啊！

请看**更高的地面上**。

60 哪种鸟能生活在极度炎热或极度寒冷的地方？

请看**冰与火之地**。

43

照相机　　　长焦镜头　　　双目望远镜　　　　　　录音机　　　　　　笔记本

观鸟

你隶属于世界上最大的俱乐部——当你第一次观察草地上的知更鸟的时候就加入了这个俱乐部。观察鸟的人把这种行为称为"观鸟"。一些认真观鸟的人都是业余科学家，他们做了一些非常宝贵的工作去帮助鉴别和保护鸟类。有些音乐家也是观鸟人。他们从鸟鸣和鸟叫中获得灵感。艺术家和摄影师也很喜欢鸟儿，因为鸟的羽毛颜色非常漂亮。对于我们所有人来说，观鸟可以说是一件激动人心的事情，简单还是复杂都可以随意。

认真的观鸟人经常在周末到野生动物保护区。他们不仅观鸟，也会记录它们的声音，并试着识别不同的种类。辨别鸟类需要练习。观鸟人喜欢和他人分享他们观察到的东西。他们的发现可能对鸟类学者了解鸟大有用处，对自然资源保护主义者也很有帮助，确保鸟类及其栖息地受到适当的保护。

但是，鸟类在有人的时候很害羞。观察它们时要保持安静，不要乱动。

观鸟规则

观鸟很有趣，也很激动人心，但是所有的观鸟人都应该注意以下一些规则：

1. 一定要运用你的常识，所作所为不要危害任何鸟类、其他野生动物或人类。

2. 不要追赶或惊吓鸟类。远离鸟巢和聚居地。你可以不打扰它们进行观察和拍摄。

3. 如果使用录音机来吸引鸟儿，不要过于频繁使用。

4. 不要用手抓鸟或鸟蛋，除非有经验的专家在场，而且你们的目的是进行研究工作。

5. 一定要穿着保暖，因为最佳观鸟时间是凉爽的早上或傍晚，此时鸟儿很活跃。

背景故事
没有鸟鸣的世界

1962年，美国生物学家雷切尔·卡森出版了一本书，叫做《寂静的春天》。在这本书里面，她注意到许多鸟是被杀虫剂中有毒的化学物质毒死的。她是这么描述后果的："曾经，成群结队的知更鸟、嘲鸫、鸽子、冠蓝鹊、鹪鹩在清晨快乐地歌唱，还伴有几十种其他的声音，但现在，这里却悄无声息，只有寂静笼罩着田野、树林和湿地。"当鸟儿吃掉被杀虫剂杀死的昆虫，鸟儿也生病了，或许无法繁殖。卡森警告说这些毒素会沿着食物链上行，会威胁许多生物。她的书推动了国际上多个法律的制定，反对使用某些杀虫剂，并鼓励人们保护环境。

持续下去……
许多鸟都有濒临灭绝的危险。有些种类的鸟存活下来是因为科学家们和观鸟人认真观察它们的数量和栖息地。

共同协作
1986年在泰国发现了一对泰国八色鹂。这种鸟自从1952年以后就没被发现过。随后又发现了30对。现在，农民和自然资源保护主义者共同协作，保护这种鸟在森林里栖息。

词汇解读

- **保护**的英文conservation源自拉丁语conservatio，意思是"让事物保持原样"。
- **灭绝**的英文extinct来自拉丁语extinctus，意思是"扑灭"或"冷却"，就像你扑灭火一样。

知识魔方

- 过去有很多旅鸽，成群结队，遮盖了整个北美上空的东部。著名的鸟类艺术家约翰·詹姆斯·奥杜朋（1785-1851年）曾有一次看到一群旅鸽从头顶飞过，整个过程持续了3天。他估计每小时约有3亿只鸟经过。因此，当1914年这种鸟因过度捕猎而宣告灭绝时很难令人相信，它们灭绝的原因主要是被人类大量食用。

探索路径

- 你想了解更多观鸟内容吗？请翻到46-47页。
- 新西兰有许多稀有的鸟类，而且通常都是不会飞的鸟。要想了解更多，请翻到20-21页。
- 鸟喙的形状能很好地说明它的习惯以及某种特殊物种的栖息地。许多水鸟的喙形状都与众不同。你能通过鸟喙来判断它们最适合居住在哪儿吗？请看22-23页和48-49页。

我知道你是谁

如果你想识别出某种特殊的鸟，了解一些鸟类的分类学知识是有帮助的。比如，世界上有两科鸟类叫做黄鹂。绿鹂和金黄鹂都属于黄鹂科，分布在欧洲、亚洲、非洲和澳大利亚。橙冠拟黄鹂和布氏拟黄鹂生活在美洲。它们叫做黄鹂是因为它们的标记和颜色类似其他地方的黄鹂，但实际上它们属于拟黄鹂科。要找出你看到的鸟儿属于哪种，就要注意鸟类的栖息地和特征，比如翅膀标记、尾巴的长度和形状、羽毛以及体型和颜色。然后把你的笔记和野外指南进行比较，你就会很快找出你发现的鸟属于哪种。

布氏拟黄鹂 主要生活在北美洲
- 黑冠，眼部带有橘色条纹
- 白色羽块
- 橘色内羽
- 橘色的外层尾羽

金黄鹂 生活在亚欧大陆和非洲
- 红棕色鸟喙
- 黑色眼纹
- 黑色翅膀，黄边
- 明黄色身躯

橙冠拟黄鹂 分布在南美洲北部
- 橘冠
- 黑翅黄斑
- 深黄色身体

绿鹂 从新几内亚岛到澳大利亚北部都有分布
- 红色眼睛
- 橄榄绿色的体羽，头和胸带有精致的黑色条纹。
- 黑色尾巴、橄榄色的边和白色的尖

吸取过去的教训

眼斑冢雉把蛋埋在树叶堆下，来孵化蛋。现在这种鸟数量下降了，因为农民把树叶烧了来清理场地。现在这些区域不再燃烧树叶，方便它们孵化。

为了下一代

20世纪70年代，加利福尼亚神鹰濒临灭绝。为了保护它们，科学家成对捕获它们，并在它们抚育后代时保护它们，然后把健康的幼鸟放走。

家燕　　　　黑鸢　　　　喜鹊　　　　麻雀

时髦的都市人

鸟类用了上百万年适应自然环境。那自然环境突然改变会发生什么事情？城市——城区和郊区里挤满了人、车辆和建筑物——这种状况才出现了150多年。鸟类没有太长时间来适应。

有些鸟无法适应城市的生活，它们就搬到其他地区生活。但是现在许多其他的鸟类以繁忙的城市为家。你可以在世界各地发现麻雀。家燕也出现在城市里，在建筑物里做窝，告诉城市的居民春天已经来了。

城市里的鸟已经学会利用人类的行为让它们的生活变得更轻松。例如，麻雀和喜鹊聚集在公园和花园里，因为那里有松软的土壤，让它们更容易捉到虫子。其他的鸟则啄食人们午餐洒落的面包屑，或者够大胆的话，就直接吃人们手中的食物。黑鸢会吃垃圾里腐败的食物。

居住在城市的人们经常尽可能地对鸟表示友善。他们给鸟准备澡盆、喂鸟器和巢箱。在许多地方，自然栖息地受到保护，不用开发，这样鸟就可以在这里不受到伤害，以此为家并抚育后代。这些地区叫做鸟类保护区，是多种鸟类的家。

城市边界

纽约是美国人口最多的城市。不仅仅是人类喜欢城市，在纽约市中心的中央公园里也居住着300多种鸟类。有些鸟常年居住在公园里，但是大多数是迁徙的鸟。那里可以看到的鸟有原鸽、旅鸫、小嘲鸫和大雕鸮。城市摩天大楼的边缘上还可以看到游隼在上面筑巢。这些鸟于20世纪60年代被引入这个城市，因为杀虫剂的使用，它们在自然栖息地里濒临灭绝。

小嘲鸫　游隼　绿头鸭

背景故事
追踪大流行

在世界各地的城市里，有各种不同的活动追踪鸟类的栖息地。在你父母的帮助下，你可以在自己所处的地区找到一个活动。在美国有一个叫做喂食观察的活动。成千上万的人参与该活动，他们发送报告，报告他们院子和花园里喂鸟器吸引到鸟的情况。通过这些努力，科学家们可以检测到不同鸟群的健康状况，并了解某些鸟类的北扩情况，比如皇苇鹪鹩、小嘲鸫、主红雀、簇山雀和红腹啄木鸟。数鸟的数量并不像你想象的那么简单。如果你在一个小时内看到15只山雀，这并不是说真的有15只，这其中可能有些鸟在一个小时内曾飞到你的院子里两次或多次以上。

词汇解读

- **游隼**从北极迁徙到欧洲南部、北美洲和亚洲。游隼的拉丁语peregrinor，意思是"游荡"或"旅游"。
- **城市**的英文词来自拉丁语urbs，意思是"城市"或"城镇"。拉丁前缀sub意思是"下面"或者"以下"。因此英文suburbs的意思是指城市的外围，即郊区。

知识魔方

- 传说在第一个千年早期的时候，罗马被一群鹅救了。北欧的蛮人正准备进攻。鹅听到他们的声音，大声鸣叫，叫醒了罗马士兵。
- 嘲鸫非常擅长模仿。如果它模仿另一只鸟的叫声，你几乎无法辨别出哪只鸟在鸣唱。

探索路径

- 你知道如何做一个简单的喂鸟器吗？参看34-35页。
- 观鸟人去野外需要做什么准备？请看44-45页。
- 海鸥已经很好地适应了城市生活。如果你想了解更多海鸟，请翻到48-49页。

原鸽

旅鸫

大雕鸮

北美朱雀

与人类接触

城市对鸟来说很难生活，但是人们会帮忙让它们生活得自在。

展开新生活

许多来到城市生活的森林鸟类都会喜欢郊区园丁干活的时刻。这只知更鸟正在仔细检查新翻开的土壤，寻找虫子。

手术拯救鸟儿

鸟类在城市里面临许多危险，包括撞上汽车、电线杆和猫的攻击。每天全世界的野生动物服务中心都要帮助许多受伤的鸟儿。这只鹰正准备接受手术。

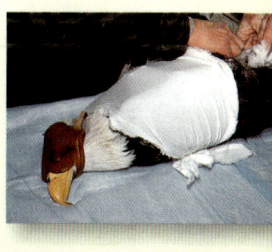

习以为常

白脸啸鸭是一种天生就胆小的鸟。在南非的德班市，它已经逐渐习惯了人类，很高兴吃人们手中的食物。

哈德逊黑尾鹬　　翻石鹬　　黑颈长脚鹬　　蓝脚鲣鸟

大海边

或许我们不应该称我们的星球为地球，因为地球表面的7/10以上都被水覆盖。海洋围绕着陆地，而且哪里有海洋，哪里就会吸引到鸟类：悬崖峭壁、热带珊瑚礁、海岛、红树林沼泽和盐沼。鸟类成群地来到这些栖息地，因为这里有丰富的食物和温和的气候。

这些鸟已经学会使用不同的方法来收集食物。鸻和鹬沿着水边奔跑，寻找埋在沙里的昆虫和贝类；海鸥猛扑到水面上，捞取食物；燕鸥则跳入水中，捕捉浅海中的鱼；蓝脚鲣鸟和北鲣鸟也擅长潜水。鲣鸟有时看到水中有鱼，会从空中30米的地方向下冲。鸬鹚沿着水面游泳，潜进水下搜寻岸边的海床。

滨鸟和海鸟很好地适应了水边的环境。哈德逊黑尾鹬有一个长长的向上弯曲的喙，这是一个理想的工具，可以深深地探入淤泥寻找食物。翻石鹬正如其名，它会用喙翻开石头寻找石头下面的食物。黑颈长脚鹬的腿非常长，它能走入很深的静水中而不会打湿身体。

岸边的家

地中海的海岸被欧洲南部和非洲北部环绕，长满了常绿的灌木、石楠和芬芳的花草。这些植物对许多鸟来说是绝佳的隐秘筑巢点。小燕鸥把蛋下在岸边的鹅卵石上，蛋在那里能够很好地伪装。悬崖也是极好的筑巢点。有些海岛上有大群的猛鹱。这些鸟在洞里和岩石缝中做窝。鹱属的许多鸟类在夜间会活跃在筑巢点，而白天则很少能见到它们。

北鲣鸟

小燕鸥

背景故事
重返故地

艾萨克雷格是一座苏格兰海岸边的小岛。它是北鲣鸟的筑巢点，也是已知的世界上最古老的鲣鸟繁殖地。来自格拉斯哥大学的研究者们在伯纳德·宗弗瑞罗博士的指导下，多年来都在给艾萨克雷格的鲣鸟戴上环志。这些戴着环志的鲣鸟有些会飞到很远的地方，可能会到达地中海，大约有800千米远的距离。但是宗弗瑞罗博士发现这些鲣鸟每年都会回到岛上，而且经常会在它们以前筑巢的地点做窝。

孤独的游荡者

有些鸟一生大部分时间都生活在离海岸很远的地方。红嘴鹲会独自或成对地在赤道附近的海洋上空游荡。它们的翅膀又长又尖，这样它们就能快速飞行。尽管这些热带鸟非常善于飞行，它们的腿却很短，而且远远地在身体后方，所以它们在陆地上显得非常笨拙。

海洋的呼唤

海洋捕鱼者

大西洋海鹦大群地居住在北大西洋沿岸。它们在海面附近捕鱼，然后回到巢中喂养幼鸟。海鹦能在嘴里叼好几条鱼。它们的喙上有向后的齿，有点像梳子的齿。

词汇解读

- **蓝脚鲣鸟**的这个名字取自水手，他们觉得这种鸟像小丑一样的古怪，行为很可笑。这些鸟似乎用喙相互防御。
- 如果某个东西由于它的颜色而很难被发现，这就叫做**隐蔽色**。
- **鸬鹚**是一种长着黑色羽毛的水鸟，善于捕鱼，也叫"鱼鹰"。

知识魔方

- 侏海雀是北大西洋的一种海鸟，看起来像企鹅，但是它们会飞——大多数时候会飞。侏海雀每年换毛的时候会失去所有的飞羽。所以在它的新羽毛长好之前的45天，它都像企鹅一样不会飞。
- 鹈鹕和鸬鹚的皮肤下面有气囊，这使它们会漂浮。

探索路径

- 哪种鸟一年大部分时间都在海洋上生活，同时也拥有所有鸟类中最大的翼展？答案在18-19页。
- 哪种海鸟虽然不会飞，但却是最快的游泳选手？请看20-21页。

猛鹱
灰鹱
白腰杓鹬
反嘴鹬
剑鸻
黄腿银鸥
普通鸬鹚

北极企鹅
北半球没有企鹅，但是住在北极的侏海雀和企鹅很像。它们也是黑白相间，双脚直立。和企鹅不同的是，侏海雀会飞。

海上强盗
巨海燕是一种大型的强壮海鸟，它们居住在南部的海洋上。它是一种食腐动物。食腐动物吃死鱼和其他动物。食腐类海鸟经常尾随拖网捕鱼的人，准备吃掉网里抓到的鱼，或者吃海员从甲板上扔到水中的垃圾。

草鹭　　　鞍嘴鹳　　　粉红琵鹭　　　丹顶鹤

淡水边

湿地和沼泽是世界淡水栖息地中的两种。河流、溪流、湖泊和池塘以及其他大片的淡水，都是众多鸟类的家园。在比较浅的水中，特别是在岸边，浮水鸭类像绿头鸭和绿翅鸭以植物和浮游动物为食。在比较深的水域则是潜水鸭和天鹅的领地。在淡水栖息地边平坦的泥地上生活的是滨鸟，比如黄脚鹬，这些水域为它们提供了虫子、昆虫和其他无脊椎动物的食物。

在所有这些栖息地里，你能看到鹭、白鹭、鹮和鹳。它们是涉禽，有长长的腿和喙。它们能像踩高跷一样在水中行走，而不会把羽毛弄湿。鹭和白鹭用它们长长的喙来刺鱼；杓鹬和鹮有长长的、弯弯的嘴，可以插入泥中寻找小螃蟹和虫子。

如果你想隐藏在这些栖息地中，芦苇丛是个很好的选择。鸦和秧鸡就隐藏在草地和芦苇丛中，用来躲避捕食者。其他鸟也住在沼泽地。鹪鹩、麻雀和乌鸫有时会在干燥的小山丘的树上做窝。

黑鸢

小白鹭

鹊雁

背景故事

保护沼泽地

1947年，一个叫马乔里·斯通曼·道格拉斯的美国人写了一本书叫《沼泽地：长满草的河流》。书中描述了佛罗里达州南部美丽的沼泽风光，同时指出房地产开发以及农业污染已经对那里的淡水环境造成了破坏。当时很多人将沼泽地视为到处是短吻鳄的讨厌之地。但是，杜鲁门总统被道格拉斯书中的内容所打动，决心将沼泽地开辟为国家公园进行保护。直到1998年，道格拉斯108岁时去世，她一直支持对这片沼泽地的保护。美国政府也继续为基金会提供帮助，以改变过去几十年来对这片鸟类和其他野生动物栖息地的破坏。沼泽地的环境正得到改善，但仍有许多事情要做。

去捕鱼
在我翅膀下

捕鱼时，黑鹭会展开它们的翅膀来减少水面反射。这样可以帮助它们看到鱼，或许还可以吸引小鱼到阴影处。

怎么了？

桂红鸭就像所有的浮水鸭一样，它几乎从来不潜入水中寻找食物。它靠水面上的生物为食，有时会为够到水下较深处的食物而只露个尾巴在外面。

词汇解读

- **黑颈鹳**是澳大利亚唯一的鹳类。在澳大利亚它被称为Jabiru。这是亚马孙印第安人给南美鹳取的名字。
- **朱鹮**是世界的珍稀鸟类，它们对水质的要求很高，非常害怕人类活动的干扰。

知识魔方

- 美洲蛇鹈看起来很像鸬鹚，居住在美洲的淡水湿地。它们要潜进水中捉鱼。因此，它们翅膀的羽毛有很小的间隙，打开时可以让水进入，这样它们就能沉入水中，关闭时它们就能漂浮起来。美洲蛇鹈要飞的时候，它们必须从水中出来，展开翅膀晾干。

探索路径

- 哪种鸟在求爱时要在水上跳舞？请看27-28页。
- 鸟类要抓住滑溜溜的鱼有多种方法，请看36-37页。
- 居住在淡水水源边的鸟任何时候都可以喝到水。但是海鸟和沙漠中的鸟在哪里才能找到它们需要的水呢？答案请看60-61页。

黑颈鹳

澳洲鹤

冠水雉　白腹麻鸭

一帆风顺

湿地在澳大利亚很少见。但是，澳大利亚北部的东阿利盖特河和南阿利盖特河在卡卡杜形成了非常广阔的潟湖，现为卡卡杜国家公园，面积约6,450平方千米。卡卡杜是鸟类的天堂。这里有许多类型的栖息地，比如红树林、草滩和沼泽，居住着100多万只水鸟。你可以看到大群的水鸟从头顶飞过。旱季从5月延续到9月。这个时候洪水消退，只留下一些死水潭或小水塘。

从水池中舀水

黑剪嘴鸥的下喙比上喙长。这种鸟在飞的时候，下喙一直在水中，一旦它感觉到有鱼，它就合上嘴巴，像一把剪刀一样捕食猎物。

泥泞的水

秧鹤用它长长的喙探索水边，寻找食物。它喜欢吃大田螺，即苹果螺，以及其他水生动物，比如甲壳类动物、青蛙、河蚌和昆虫。

51

斑喉娇莺　　　　银喉长尾山雀　　　　蓝尾八色鸫　　　　披肩榛鸡

树林里

你或许认为所有的树林看起来都很幽静，但是仔细观察，你就会发现树林就像城市的街道一样既杂乱又繁忙。每片树林都是一个独立的世界，即使在一块足球场大小的地方，也有各种各样的树木，栖息着形形色色的鸟类。在树林里，有些鸟生活在贴近地面的地方，有些鸟则住在较高的树枝上，它们都能找到自己的食物。

在欧洲和北美洲，最常见的是枫树、桦树和橡树，这些树都是落叶乔木。春天树木开始发芽时，候鸟就会返回到树林，这里有丰富的食物，特别是昆虫。猛禽也会在春天回到树林里，它们知道这里有很多可以当做猎物的小鸟。春夏两季，鸟儿们在树林里筑巢并抚育后代。

秋天树木开始落叶前，鸟儿们尽可能地多吃食物，储存身体的脂肪。这些脂肪可以当做能量，让它们能长途飞行到温暖的地方。并不是树林里所有的鸟都会迁徙，对于那些留下来的鸟儿来说，冬天的食物非常紧缺，所以它们必须不断地寻找食物。有时不同种类的鸟会一小群一小群地飞来飞去，忙着在树林里四下寻找食物。

知更鸟

丘鹬

自己动手

森林漫步

鸟儿们喜欢树林。树林对它们来说是绝佳的隐藏地、食物源地以及筑巢地。因为它们的毛色和树林里的背景融合，所以很难被发现。这种保护色可以使它们免受捕食者的侵袭。鸟的第一标识或许是它的叫声，但是如果你了解它的形状、颜色和习性，你就更有可能识别它。

许多观鸟俱乐部会为初学者组织观鸟活动。你可以从专家和其他观鸟者那里学到许多辨别鸟类的方法。你也可以安排自己的观鸟行程。你可能需要一份野外指南、双目望远镜、一本日志和一支笔。

野外指南是指详细说明鸟类外表、习性和栖息地的书。图书馆和书店里应该有这些书。出发前，列出一个表，记下你计划调查鸟的地区。在森林里漫步时，要手拿着这张列表。如果你看到一只鸟，立刻快速地在日志上画下或记下它的特征，以便日后参考。你永远都不会想到——与鸟的初次相会可能会激励你日后从事鸟类方面的研究。

词汇解读

- **首席书记官**这个词是罗马天主教会中一个重要官职。**雄性蓝翅黄森莺**的深黄色羽毛很像首席书记官在特殊日子所穿的长袍。
- **落叶**的英文deciduous这个词来自拉丁语decidere，意思是"落下"。落叶木的树叶在秋天掉落。

知识魔方

- 披肩榛鸡标明领地时表现非常独特。这种林鸟栖息在一根中空的树木上，用翅膀"砰砰"地敲打胸膛，就像人猿"泰山"一样。发出的声音就像低音鼓，越敲越快。中空的树木放大了鼓声。这种声音在森林里回响，告诉其他雄性披肩榛鸡，这块领地是有主人的。

探索路径

- 雀鹰是一种猛禽。想要了解更多猛禽，请翻到36-37页。
- 小嘲鸫和旅鸫是能够居住在纽约城的林鸟。它们和其他鸟是如何适应城市生活的？请看46-47页。

为生存而鸣叫

你在森林里听到的鸟鸣传达了一些信息，就像我们人类的声音和语言一样。鸟类鸣叫有时是发出危险信号，有时是警告群里的其他鸟，或是保护自己的领地，有时是追求异性。

水上音乐

在北美洲森林的南部河流上，蓝翅黄森莺发出"啾啾啾啾"的鸣叫声，像歌声一样在整个湿地回响。

笛子交响乐

雄性隐夜鸫开始歌唱时，先发出一阵清脆响亮的声音。然后再发出逐渐上升和逐渐下降的音符，听起来就像远处有人在吹笛。迁徙时，这些鸟用鸣叫声联系，确保大家都在一起。

爱的小夜曲

夜幕降临时，雄性夜莺用鸣叫标明自己的领地，并吸引同伴。它那甜美的叫声令许多爱情诗篇问世。

警钟

如果你听到树林里一阵"吱吱吱吱"的叫声，这可能是一群普通欧亚红胸䴓鸟的叫声。这些灵巧的鸟儿在树干上跳上跳下，相互警告有危险了。

地面狩猎

英国的森林只是表面上看起来很安静。森林居民之一的雀鹰会毫无预警地袭击小型鸟类。这种雀鹰的翅膀短短圆圆的，使它能轻易地在树林间来回穿梭。森林有点儿像一栋小公寓。鸟类生活在所有的楼层上。你或许能看到槲鸫或丘鹬在地面上找食物，或者看到鹪鹩在比地面略高的树木下找虫吃。青山雀居住在下层，知更鸟在中层。

53

大共鸟　　太阳鸟　　麝雉　　圭亚那动冠伞鸟

丛林深处

地球上有些地方可能住着我们从未见过的鸟。这些地方包括中美和南美洲、南亚、澳大利亚北部以及中非和西非茂密的热带雨林。这些地方是世界上一半以上生物的家园，但是它们正在快速消失，因为木材公司和农民正在开垦这些土地。

热带雨林里没有春夏秋冬——也没有旱季和雨季。因此，雨林里长满了郁郁葱葱的茂密树木，有的高达60米。树上开满了漂亮的花朵，树干上缠绕着粗壮的藤蔓，树枝上传来清脆的鸟鸣。森林的顶层叫林冠。

越接近地面就会越黑。喜阴木生活在这层，叫做"下层植被"。在茂密的树林中，昏暗的光线下，色彩鲜艳的鸟，比如南美的咬鹃，在林中搜寻着水果和昆虫。但是，阳光很少到达森林地面上的小灌木丛和落叶层。这里有成千上万的昆虫爬来爬去、飞来飞去，像大共鸟这样的鸟类能很容易吃到它们。在有小溪和河流的地方，太阳鸟在捕鱼吃。

以树为家

大量的热带鸟，比如哈比鹰，生活在中美洲和南美洲热带雨林那高高的林冠上。这里有充足的阳光，既温暖又有很多食物。像栗耳阿拉卡鸳、栗顶喷鸳、白尖镰嘴蜂鸟和蓝冠咬鹃这样的鸟也生活在树林中。这些鸟的羽毛有些非常显眼，但在绿色的树叶和明亮的阳光下却很难发现它们。鹦鹉类的比如风信子金刚鹦鹉，或许是热带雨林最知名的鸟类。

风信子金刚鹦鹉

背景故事

被声音包围

泰德·帕克（1953-1993）在保护国际基金会工作。他记录全世界鸟类的叫声，并慢慢学会了4,000多种鸟类的鸣叫声——超过了历史上的所有人。但是他最知名的还是在热带雨林和北美洲山脉地区的工作。那些地区虽然只占整个地球陆地的1/6，却有世界上1/3的鸟类。帕克在这些茂密偏远的树林中发现了许多未知的鸟类。到了20世纪80年代，他又开始关注野生动物丧失栖息地所造成的影响。他对这一地区的研究让科学家们和政府明确了哪些栖息地和鸟类急需保护。

全世界每天约有870平方千米的热带雨林被毁坏。这几乎和美国的纽约市一样大小。森林一旦消失，鸟类和其他野生动物就失去了栖息地，或许会灭绝。由于这些热带雨林大多都很茂密，有些动物在科学家发现它们之前可能就灭绝了。为了防止事态更加严重，一些国家把热带雨林设为保护区。这或许可以防止某些热带鸟类和野生动物灭绝。

被自然的声音唤醒

以树为家

最大的焦鹃种类——羞涩的大蓝焦鹃居住在西非和中非。为了给非洲十亿人提供食物，这些地区的热带雨林已经被砍伐，开垦成农田。

词汇解读

- **丛林**这个词可能会让你想起茂密的热带雨林。但是这个词来自梵语jangala，意思是"沙漠"。
- **麝雉**是那瓦特人的语言，这是阿兹特克人使用的语言。有些词来自这种语言，比如**丛林狼**和**巧克力**。
- **林冠**是指像屋顶状的遮盖物。这个词来自希腊语konopeion，它的意思是"蚊帐"。

知识魔方

- 主亚那动冠伞鸟表演时相当吸引人。它向前挺起胸膛，完全遮盖住自己的嘴，圆圆的眼睛眯成一条缝。
- 白尖镰嘴蜂鸟因为嘴部向下弯曲而无法盘旋，所以当它想从花朵里吸取食物时，就必须用自己强壮的脚爪攀在花冠上。

探索路径

- 你知道麝雉的雏鸟长得什么样？请翻到10-11页。
- 天堂鸟是世界上最鲜艳和最奇妙的鸟之一。它们居住在巴布亚新几内亚和澳大利亚北部的热带雨林里。要了解更多，请看16-17页。
- 哪种南美洲热带雨林的鸟嘴巴很大，世界知名？请翻到22-23页。

栗耳阿拉卡鹫

栗顶喷䴕

哈比鹰

白尖镰嘴蜂鸟

蓝冠咬鹃

马达加斯加的奇迹

非洲马达加斯加岛屿中一半以上的鸟都可能会失去栖息地。树木被砍伐后，裸眉太阳鸟只是少数能适应的鸟类之一。它可以居住在新长成的丛林里。

悬挂

蓝冠悬挂鹦鹉居住在马来半岛、苏门答腊岛和加里曼丹岛。那里的森林已经有7,000万到1亿年的历史了。如果这些生态系统遭到破坏，就永远不会再生了。

争取机会

双肉垂食火鸡是一种不会飞的鸟，生活在新几内亚岛和澳大利亚北部。它们在澳大利亚的栖息地入选了世界自然遗产，从而保护了这种鸟。

棕灶鸟　　粉红椋鸟　　草原松鸡　　白翅黑鸦

辽阔的草原上

草原在世界上不同的地区有不同的名称，这些名称包括稀树草原、大草原、无树大草原和草甸草原。草原环境条件艰苦，气候太干燥，土壤过于贫瘠，不适合树木生长。

在广阔的非洲稀树草原上，鸵鸟和白翅黑鸦以植物和昆虫为食。饥饿的秃鹰在天空中盘旋，等待着狮子吃剩的食物。许多其他的鸟，包括沙鸡和毛色鲜亮的雀类都以草籽为食。

南美洲有广阔起伏的大草原，棕灶鸟用泥筑造奇特的鸟巢。但是在北美洲和欧洲，没有被破坏的草原很少，许多草原都被开垦成了农田。大片的农田和人工建筑占据了鸟类的筑巢地，有些鸟类因此而濒临灭绝。草原松鸡学会去吃农田里的谷物才存活下来，这让有些农民觉得它们是害鸟。

俄罗斯草甸草原一直延伸到亚洲北部，这儿比其他草原的温度更低，因为它们离赤道的距离更远。这里的夜晚极其寒冷。粉红椋鸟能找到什么就吃什么，它们把巢安置在岩石突出的缝隙中，已经完全适应了没有树的环境。

指引猎蜜

非洲大草原上的所有动物都要机智聪明才能在严酷的环境下存活。黑喉响蜜鴷和许多其他鸟一样都吃昆虫，但是它们有一个独特的能力，能消化蜂蜡。为了得到蜂蜡，响蜜鴷会带着蜜獾、猫鼬甚至是人类到蜂巢去，响蜜鴷一路喳喳叫着，飞来飞去地吸引他们的注意力，为他们引路。响蜜鴷等着他们打开蜂巢，然后抓住机会吃蜂蜡。

栗头丽椋鸟

灰冕鹤

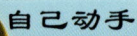 自己动手

藏身之所

鸟儿以为你不在旁边的时候才会靠近你。你需要静静地坐着，不要让它们看到，可以藏在灌木或篱笆后面。在大草原这样的空旷地方，一块隐蔽的场所能帮助人们秘密地观察鸟类。

1. 你需要四根坚固的杆子，大约1.8米长的绳子，一块或两块深色的布，大概和双人床单一样或更大些，再加上几个晾衣夹。

2. 安好杆子。有些人把它们支成锥形帐篷的形状，在顶端用绳子系起来。有些人则喜欢做成方形的，把杆子结结实实地插入地里，让杆子直直地立着。

3. 用布罩住杆子，用晾衣夹固定好。

4. 把布的一面打开，做成隐蔽处的出口。在另一面齐眼的高度做一个小小的观察窗。然后耐心地等待鸟儿们到来。

词汇解读

- **稀树草原**一词的英文savanna来自已经消亡的泰诺语。这是居住在加勒比海群岛上的阿拉瓦人所使用语言。他们用**zabana**表示大草原。
- **棕灶鸟**造的窝很像面包炉，所以这种鸟就得到了这样的名字。

知识魔方

- 红嘴奎利亚雀住在非洲平原上，那里有上亿只鸟聚集在栖息地里。这些鸟靠谷物为食，一天之内能吃掉农民的大片庄稼。
- 北美洲和南美洲的穴小鸮在地下做窝，可以安全地避开捕食者。它们住在草原土拨鼠或其他哺乳动物遗弃的洞穴里，夜间出来捕食。

探索路径

- 如果想了解更多大草原上不会飞的鸟，比如美洲鸵，请看20-21页。
- 如果想要了解棕灶鸟建造的奇特泥窝，以及许多其他鸟类的巢，请翻到28-29页。
- 哪些鸟会在长颈鹿、水牛和犀牛背上蹦来跳去地寻找美味的食物？请看34-35页。

合适的喙

大多数吃种子鸟的喙形状都像圆锥，而且通常又短又胖。这种形状可以让鸟利用种子外层的压力和裂缝吃到里面富有营养的种子。南美大草原是许多食籽鸟类的家园。

双领食籽雀有一个弯曲的上缘。这种喙非常适合打开各种草和小型植物的种子。

大草原雀弯弯的嘴巴很重，很适合咬开阿根廷大草原中生长的大型草类的种子。

引人注目的冠蜡嘴鸦的喙能剥开许多种子。这种鸟一般成对或结群地一起寻找食物。

棕岩鹨　　　　高山山雀　　　　雪雀　　　　领岩鹨

更高的地面上

　　世界上大部分大陆都有高高的山脉——美洲的落基山脉、阿巴拉契亚山脉和安第斯山脉；欧洲的阿尔卑斯山脉、比利牛斯山脉和乌拉尔山脉；亚洲巨大的喜马拉雅山脉。爬山的时候，温度会不断降低。这些山脉为众多鸟类提供了大片的栖息地，它们在这里可以找到食物和筑巢点。

　　在山脚下，一般都长有茂密的森林。许多北美洲和欧洲的鸟都靠寒带森林即针叶林的种子为食——包括松树、云杉、雪松和冷杉。随着季节的变化，有些鸟会在山脚的森林和山上的草地之间来回迁徙。高山山雀和领岩鹨在比较冷的月份会飞到森林里，但在天气较为暖和的时候，则会飞到草地上寻找昆虫。草地上间隔生长的灌木和针叶树是许多鸟类的庇护所。

　　草地以上就是岩石区域和陡峭的悬崖。棕岩鹨会在较低的岩石缝里做窝，但是很少有鸟会生活在经常刮风的领域。如果真的要生活在这里，这些鸟就需要占据很大的领地，因为食物非常短缺。安第斯神鹰在找到腐肉吃之前不得不在一大片区域内飞来飞去搜索许久。

斑背燕尾

背景故事

发现之旅

　　1803年，美国总统托马斯·杰斐逊计划了一次探险之旅，想要找到从密西西比河到太平洋的陆路通道。梅里韦瑟·刘易斯和威廉·克拉克是探险队的领队，探险队于1804年春季出发，沿途他们得到了一位年轻的肖肖尼人向导帮忙，她名叫萨卡加维亚。

　　两年后，探险队返回密西西比河，带回了许多奇妙的探险故事和许多东部人从未见过的高山鸟类和野生动物的记录。刘易斯是一位非常细心的观察者，他发现了许多新的鸟类，还带回了自己画的这些鸟类素描。最后，有两种鸟根据这些探险者的名字来命名——克氏星鸦和刘易氏啄木鸟。

避暑胜地

　　温带地区的山麓脚下环绕着针叶林。北亚的小太平鸟来到这些森林里寻找水果。这些鸟的飞羽端部附着有蜡质的小点，这也是这种鸟英文名（japanese waxwing）的来历。

　　暗冠蓝鸦居住在落基山脉里。这种鸟很吵闹。有时它会发出像老鹰一样的鸣叫，有时却唱着美妙的歌声。暗冠蓝鸦喜欢偷吃人们野餐的食物。

词汇解读

- **神鹰**的英文condor来自印第安人的语言,这些印第安人生活在南美洲的安第斯山脉。
- **印度鹩哥**的气管底部有一个鸣管,是一个特殊的器官,可以让它模仿人类说话的声音,让你很难分辨出是人还是鸟的声音。**鹩哥**这个词来自印度语maina,是这种鸟的古名。

知识魔方

- 有些鸟,比如小山雀可以降低自己的体温来适应高纬度急剧下降的温度,体温最多可以下降10℃。它们通过降低自己的新陈代谢来达到这种效果,这样它们就会进入不动的冬眠状态。
- 在高山上,不同的高度带上栖息着不同种类的鸟。

探索路径

- 在高高的喜马拉雅山的上空可以发现哪种猛禽?请翻到第8-9页寻找答案。
- 鸟类会在山崖上建造哪种鸟巢?请看28-29页。
- 针叶林一直延续到北半球的极地。赤道附近有哪种森林,鸟类如何在这种栖息地生活?54-55页提供了答案。

红嘴蓝鹊
印度鹩哥
紫啸鸫
红翅悬壁雀
棕尾虹雉

雉的生活

喜马拉雅山是世界上最高的山脉。许多鸟生活在山坡上,包括紫啸鸫、悬壁雀、红嘴蓝鹊、印度鹩哥和斑背燕尾。喜马拉雅虹雉生活在半山腰的森林和草地上。这些在地面上生活的鸟类常常用弯弯的喙从冰雪覆盖的土壤中挖掘树根、块茎植物和昆虫的幼虫。面临危险时,它们就会从山坡上跑下来,并扇动着翅膀来加速。危险过去后,它们就会大摇大摆地回到自己觅食的地方。

旋木雀的行为和它的名字一样——它们会慢慢地、盘旋着爬上树。它们用弯弯的喙在树皮里寻找昆虫及其幼虫。当达到大树的顶端时,它们就会飞到下一棵树的根部,重新开始。

红交嘴雀的嘴在顶端交叉。这种嘴型加上强有力的肌肉能让它们撬开新鲜的松果,吃到里面的种子,而其他鸟必须得等到松果自然开裂才行。

利氏沙鸡　　　波斑鸨　栗翅鹰　漠澳鹛

冰与火之地

地球上最严酷的环境是极热的沙漠和冰雪覆盖的北极与南极大陆——即南北极。这些地区的地面要么是炙热无比，要么是坚硬的冻土。很少有植物或动物能在这种严酷的环境中生存，所以鸟类和其他生物必须找到聪明的生存方式。

在非洲沙漠里，雄性利氏沙鸡腹部的羽毛像海绵一样。只要发现有水，它就趴在上面，让羽毛吸满水。然后把水带回去喂幼鸟。波斑鸨生活在阿尔及利亚和中亚广阔的干旱地区，它从充满水分的昆虫和植物中吸取水分。栗翅鹰在仙人掌中做窝，它们成群狩猎，相互帮助。漠澳鹛生活在满是沙砾的澳大利亚沙漠，条件特别艰苦的时候，它们就不会养育后代。

沙漠里的鸟在白天炎热的时候静止不动以保存能量。因此，最佳观鸟的时间在日出或日落，那时气温比较凉爽。

极地地区是地球上最寒冷的地方。冬天的时候冰架扩大，夏天的时候则会缩小。多数鸟只在夏天的时候来这些地方，此时气候比较温和，也有更多的食物。但是阿德利企鹅和帝企鹅却非常坚强，全年都生活在南极。

多刺的环境

仙人掌是带刺的植物，人们一般都不会去触摸。但是在北美洲的西部沙漠里，鸟类利用这些植物帮助自己生存。黄头小山雀在寻找昆虫时，会头朝下地悬挂在仙人掌枝上。吉拉啄木鸟会在柱状仙人掌上钻两种洞，一种是为了捉虫；而另一种则是为了做窝，它会在里面下蛋。精灵猫头鹰利用吉拉啄木鸟遗弃的洞当做住处和巢穴。黑腹斑鹪在仙人掌里生活，主要以种子和不时出现的虫子为生。

仙人掌鹪鹩

背景故事

世界最寒冷之旅

因为帝企鹅生活在南极，在20世纪初之前，人们对它们的筑巢习性了解得很少。三位探险家——爱德华·威尔逊、埃普斯勒·薛瑞－葛拉德和亨利·鲍尔斯，于1911年冬天爬上险峻的罗斯冰架。他们翻过一个陡峭的冰块后，非常吃惊地发现了一个企鹅的群居地——企鹅孵蛋和抚养小企鹅的地方。

上百只雄性帝企鹅在寒冷昏暗的天气中聚集在一起。每只企鹅脚下都有一只很大的蛋。它们用自己身体中一块特别的皮肤紧贴着蛋，当温度下降到-60℃的时候，可以为蛋保温。随后，他们发现雌企鹅下蛋后就到海里度过冬天，留下雄企鹅孵蛋。随后它们会回来抚养出壳后的小企鹅。

词汇解读

- 澳大利亚干旱的风刻石平原上满是风化的岩石和圆石。**风刻石**来自澳大利亚原住民达鲁格人词汇giba，意思是"石头"。
- **冻土带**来自俄罗斯语tundra，意思是"湿地平原"。
- **北极**来自希腊语arktikos，意思是"熊"。北极上空可以看到大熊星座这个北天星座。

知识魔方

- 弱夜鹰生活在北美的西部沙漠里。它就像鸟类世界中的睡美人，是已知的唯一会在冬天冬眠的鸟类，它睡得很沉，即使有人把它提起来也不会醒。
- 岩雷鸟会飞到松软的雪丘里睡觉。这样就很安全，因为有雪覆盖，捕食者看不到它们的踪迹。

探索路径

- 中东的波斯湾周围都是炎热的沙子。有一种鸟很聪明地发现了一种方法，让蛋保持凉爽。请看第8-9页。
- 哪种海鸟会偷袭企鹅的群居地，把它们的蛋当晚餐？答案在36-37页。

避暑地

北极广阔的平原上没有一棵树，这种平原叫冻原。有些鸟全年居住在这里，但是多数鸟都只在夏天才来到这里。

变换颜色

岩雷鸟整年都生活在冻土带。夏天的时候，它那棕色的毛色和栖息地周围岩石以及苔藓的颜色融合在一起。秋天它会褪掉棕色的羽毛，冬天会长出白色的羽毛，与雪地融为一体。

奶爸

红颈瓣蹼鹬夏天的时候住在北极。雌鸟的颜色比雄鸟更艳丽，而且在求爱仪式中也占主导地位。雄鸟负责孵蛋并抚养小鸟。

老练的猎人

雪鸮一天内可以捕捉到10只旅鼠。如果食物丰盛，雌性就会抚养许多幼鸟。食物不足时，它们就不会养育后代。

夏天迁徙

铁爪鹀夏天迁徙到冻土带筑巢。因为这里没有树木，雄性必须跳到岩石顶上昭示并保护自己的领地。

黄头小山雀

精灵猫头鹰

走鹃

吉拉啄木鸟

黑腹斑鹑

喙　　　一窝蛋　　　冠　　　展示　　　破卵齿

名词解释

A

凹洞 某些鸟类在地面挖掘，用来下蛋的地方。

B

保护区 人们以保护为目的建立的一块自然区域，人类不会开发这里，动植物能够不受干扰地生存。

本能 鸟或其他动物天生的行为，不需要学习就有的能力，比如小鸭子生来就会游泳。

捕食者 捕猎并吃掉其他生物的一种生物。猛禽是捕猎其他鸟类或哺乳动物的捕食者。

C

彩虹色 从不同角度发出的不一样的光线，比如一个肥皂泡或水池里的一片油。有些鸟的羽毛是彩虹色的。

巢 通常用树枝、小树条和草做成的口袋型结构。许多鸟都筑巢下蛋、孵蛋并养育后代。

D

蛋 雌鸟下的一个大大圆圆的壳，里面有一个蛋黄和一个蛋白。如果经过受精，蛋里就会有一个小小的胚胎，它用蛋黄和蛋白当做食物，长成一只小鸟。成熟时，小鸟会啄开蛋壳。

蛋黄 蛋的黄色部分。如果是受精蛋，蛋里面的小胚胎就会用蛋黄和蛋白当做食物慢慢长大。

地方性的 只在一个栖息地或地区内发现。多数企鹅都只生活在南半球寒冷的水域。

冬眠 一种睡眠状态——鸟或其他动物会降低心率和体温以保持能量，特别是在夜晚或寒冷的时期。

冻土带 亚洲北部、欧洲以及北美大片的极地不毛之地。

独居 至少在一年的几个月内都独自生活。

舵羽 科学家使用的专业术语，用来描述鸟类尾巴的羽毛。

F

飞羽 科学家使用的专业术语，用来描述鸟类飞行的羽毛。

分布 某一物种所处的地理区域，包括不同季节内的栖息地、范围和地点。

分布范围 某一物种经常被发现的整个地理区域。

孵蛋 让蛋一直保持温暖，这样里面的胚胎才会成长并孵化。鸟爸爸或鸟妈妈通常会用身体来孵蛋，但是有些鸟用沙子或腐烂的叶子和植物来孵蛋。

孵化 从蛋壳中出来。

腐肉 死掉动物的肉，被鸟类或其他动物吃掉。

G

刚会飞的幼鸟 非常年幼的小鸟，刚刚离开所住的巢穴。离开巢之前，被称为雏鸟。

纲 科学家区分动物的一个类别。鸟类有自己的纲，叫做鸟纲。

冠 鸟类头部上方延长或竖起的羽毛。

H

花蜜 开花植物分泌的甜蜜物质，会吸引鸟类和昆虫。

环境 动物生活的整体环境，会影响动物的发育和行为。

喙 鸟下巴处的角质覆盖层，主要由两半组成——上喙和下喙。有时也叫嘴。

J

脊椎动物 有脊椎的动物，包括鸟类、鱼、爬行动物、两栖动物和哺乳动物。脊椎是指构成脊柱的骨头。

进化 物种的基因不断地适应环境。

聚扰 一群小鸟聚集在一起驱赶捕食者的一种行为。它们跟随、包围和攻击较为大型的鸟，而大鸟就会飞走。鸟群也会用聚扰来教导幼鸟，让它们小心捕食者。

L

猎物 被另一种动物杀死并吃掉的一种动物。杀死它们的被称为捕食者。

领地 一只鸟或其他动物物种保护的一块区域，防止其他同种的生物入侵，特别是在交配季节。

龙骨突 胸部的骨头。飞鸟有一块大大的突出的胸骨，用来固定它们强壮的飞行肌肉。

落叶木 用来描述通常会在秋天掉落所有树叶的树木。枫树、橡树和白桦树都是落叶木。

M

灭绝 不再存在于这个世界上。许多鸟类都灭绝了。

暮光性 在黄昏或清晨，光线不明亮的时候活跃。

N

囊 鸟类下巴两边伸出的袋子一样的皮肤，比如鹈鹕嘴巴下面。

羽毛　　　刚会飞的幼鸟　　　无脊椎动物　　　幼鸟

62

索引

A
埃普斯勒·薛瑞-葛拉德 60
艾萨克雷格 48
爱德华·威尔逊 60
安第斯神鹰 36
凹洞 62

B
白鹭 50
白头鹰 22,37
保护区 44,62
抱卵点 30
北极 60-61
北极星 41
本能 62
滨鸟 48
不会飞的鸟 20-21
捕食者 30,62

C
草甸草原 56
草原 56-57
查尔斯·达尔文 10
巢 28,62
锤头鹰 37
城市里的鸟 46
城区 46
翅膀 12,18-19
翅膀的横切面 18
雏鸟 11,33
丛林 55
翠鸟 36

D
达·芬奇 18
大草原 56-57
大卫·威斯克博士 20
戴维·温盖特 9
淡水栖息地 50
蛋 30-31,62
蛋黄 30,62
蛋清 30
导航员 40
帝企鹅 20,60
地球的磁场 40-41
冻土 61
洞穴鸟类 29
多彩的伪装 16-17
舵羽 15,63

E
鹅 47
鸸鹋 21

F
飞机相撞 14
飞行 12,18-19

飞羽 14
分布范围 62
分类学 11
风刻石平原 61
蜂鸟 9,35
孵蛋 62
孵化 30-31,32,62
腐肉 62

G
刚会飞的幼鸟 62
高纬度 59
古代鸟类学家 11
骨架 12-13
骨头 12-13
观鸟 44
冠 14,62
冠蜡嘴鹎 57
鹳 36,50-51
观鸟 44-45

H
海鸟 48-49
海上强盗 49
黑秧鸡 20-21
亨利·鲍尔斯 60
呼吸系统 12
花蜜 35,62
化石 10
滑翔 18-19
环境 62
鹮 50
黄鹂 45
回声定位 38
喙 22-23,34,62
火烈鸟 9

J
肌肉 12-13
极地地区 60
极乐鸟 16
几维 20-21
脊柱 13
脊椎动物 62
鲣鸟 48-49
肩羽 14-15
角蛋白 22
脚 22-23
脚趾 22
进化 10,62
鲸头鹳 32
巨海燕 49
聚扰 62

K
卡卡杜 51
开辟 51

康拉德·洛伦茨 33
孔雀 16
孔子鸟 11

L
莱特兄弟 18
蓝脚鲣鸟 49
雷达 41
雷切尔·卡森 44
猎物 37,62
猎鹰训练 36
林冠 54-55
林鸟 53
领地 26-27,62
龙骨突 12-13,62
鹭 36,50
旅鸽 45
罗斯·安·罗莱特 38
洛克希·雷朋 14

M
马乔里·斯通曼·道格拉斯 50
毛利人 21
猫头鹰 36,38-39
美洲鸵 21
猛禽 36
灭绝 21,44-45,62

N
NEXRAD(新一代雷达) 40
内部器官 13
南北极 60
南秧鸡 21
囊 26,32,62
鸟的体重 12
鸟类 45
鸟类学 63
鸟鸣 54,63
纽约 46
暖气流 19,63

P
盘旋 18
胚胎 30
破卵齿 30,63
蹼 23

Q
企鹅 9,20,49
栖息地 8-9,63
迁徙 40-41,63
求爱 26-27
求爱仪式 26-27
雀形目 23
群居地 63

R
热带雨林 54-55
绒羽 14

S
色素 16,63
杀虫剂 44
沙漠和冰雪 60
山脉 58-59
上喙 22,63
上升气流 18-19
摄影 27
麝雉 11,55
神鹰 59
生态系统 63
生物学家 13
食虫鸟 35
食腐动物 63
食果鸟 35
食火鸡 20
食籽鸟类 57
失去了栖息地 54
始祖鸟 10-11
适应 8,63
兽脚亚目食肉恐龙 10,63
狩猎鸟类 36
树林里 52-53
梳洗 14
梳洗打扮 26-27
双目视力 39
隼 36

T
泰德·帕克 54
特征标志 63
土中沐浴 15
腿 22-23
腿部肌肉 13
脱毛 63
鸵鸟 8-9,20-21

V
"V"字形 41

W
晚成鸟 32-33,63
喂鸟器 34
喂食观察 46
无脊椎动物 63
物种 63

X
虾 34
西德尼·高思罗 40
稀树草原 56-57
喜马拉雅山 9,58-59
下喙 22,63

Y
仙人掌 60
小鸟 32
心肺系统 13
心脏 12-13
信鸽 40
信天翁 18,26-27,36
胸骨 12-13
旋风 63
旋木雀 59

Y
牙齿 10,13
眼睛 38
燕鸥 48
野生动物服务中心 47
野外指南 52
夜行性鸟类 38-39
夜莺 53
一夫多妻制 28-29
一个蛋 31
翼展 18
隐蔽色 49,63
印第安人 59
印随 63
鹰 36
游隼 47
鱼鸟 10
雨林 54
羽毛 14-15,16-17,62
羽叶 63
羽轴 15
园丁鸟 26
约翰·亨特 13

Z
早成鸟 32-33
展示 26,63
沼泽 50
针叶林 58-59
长大 32-33
正羽 14
织布鸟 28
中央公园 46
筑巢本能 28
爪子 36
追踪 46
着陆 19
棕翠鸲 8
走鹃 61

写给孩子和家长的话

本书仅代表作者个人的观点与看法,旨在为读者提供相关学科的参考知识。如果孩子们要实践书中有关的主题活动,请一定要小心谨慎,建议在家长的陪伴下进行。书中提及的实验工具等仅供参考,读者或许有更好的选择。对于直接或间接应用本书内容而造成的后果,出版社和作者将不承担任何责任。

脱毛　　　　　　　　　　　巢　　　　　　　捕食者　　　羽干

鸟叫 鸟类发出的声音，用来交流信息，不同于鸟鸣。

鸟鸣 鸟类发出的一个或一连串声音，宣布领地或寻找配偶。鸟鸣可能很简单也可能很复杂，有些还非常动听。

鸟类学家 用科学方法研究鸟类的人。

暖气流 一股上升的温暖气流。有些鸟乘着暖气流上升，达到一定高度后，慢慢滑翔到下方，然后再次循环。

P
配偶 鸟类在求爱和交配期间的伙伴。

破卵齿 胚胎鸟喙尖端上长的一个尖尖的牙齿形状的钙沉着物。孵化时，鸟用这颗牙齿敲开蛋壳。

Q
栖息地 鸟类、其他动物或植物生存的自然环境。

迁徙 鸟类从一个地方到另一个地方的运动，通常在春天和秋天发生。

求爱 雄鸟和雌鸟以及其他动物想要吸引异性时自我表现的行为。

群居地 鸟类成群居住，梳理或睡觉的地方。

S
色素 使鸟类、其他动物或植物的皮肤、羽毛或组织带有颜色的所有物质。

上喙 鸟喙的上部，通常比下部稍大。

生态系统 植物、动物和环境之间平衡的互动关系，通常是在特定的栖息地内。

食腐动物 靠吃动物尸体为生的鸟或其他动物。许多秃鹰和乌鸦都是食腐动物。

食物球 某些鸟吐出的一个小小坚硬的东西，里面包含着它们无法消化的食物，比如骨头、毛皮或壳。

适应 鸟或其他动物的身体变化，可以让它们在一个特定的环境中更好地生活和繁殖。

兽脚亚目食肉恐龙 恐龙的一个分类，包括全部的食肉恐龙。

梳理 鸟类清理并保持羽毛的结构，使它们保持良好的状态。

T
特征标志 某个物种鸟类的一种特征，帮助观鸟人辨别种类。

脱毛 鸟类褪去旧毛，长出新毛的过程。

W
晚成鸟 出生或孵化后无法自立，需要成鸟照顾的幼鸟。许多孵化的小鸟都属于晚成鸟。

窝里的雏鸟 孵化后还不能离开巢的小鸟，要靠父母喂养和保护。

无脊椎动物 没有脊椎的动物，比如蚯蚓、螃蟹或水母。

物种 一群鸟或其他动植物，带有共同的特征，与其他种类有明显区别。

X
下喙 鸟喙的下部，通常比上部小一些。

旋风 鸟类翅尖运动引发的旋转气流。

夜行性 夜里活动。

Y
一窝蛋 一只鸟在繁殖期内一次下的所有蛋。

一窝小鸟 一窝或一群被孵化出来的小鸟。"抱窝"是动词，意思是保护幼鸟，以免被阳光、高热或严寒侵袭。

隐蔽色 鸟身上的一种标记或颜色，让捕食者很难区分鸟和周围的自然环境。

印随 刚孵化的小鸟或其他年幼的动物确认父母的过程。

幼鸟 小小鸟。有些幼鸟和同种类的成鸟标志非常不同，所以可能会很难辨认它们。

羽干 羽毛中间细细长长的部分，周围是绒毛。

羽毛 组成鸟类外表和羽衣的一种东西。羽毛由一种叫做角蛋白的角质构成，有一根长长的轴，上面长着两排羽叶。羽叶由许多密密麻麻的毛组成，它们让羽毛有了形状和颜色。羽毛有很多用途。它们可以保持温暖和干燥，帮助鸟飞翔。

羽叶 从羽毛中轴长出的羽毛。

Z
展示 一种行为或一系列行为，目的是为了吸引另一只鸟或动物的注意力。也可能用来威胁或分散另一只鸟或动物。

针叶树 一种树或灌木，比如松树、杉树或枞树，会长出球果。

昼行性 白天活动。

龙骨突　　　　　　暖气流　　　兽脚亚目食肉恐龙　　蛋黄